書下ろし

手習い師匠

取次屋栄《えい》三《ざ》⑫

岡本さとる

祥伝社文庫

目次

吉原
上野山
不忍池
浅草寺
浅草奥山
聖天町
向嶋
延命寺
小梅村
柳島橋
大川橋
源光寺
北十間川
妙見堂
番場町
神田明神
池之端
御台所町
神田松永町
石原町
本所
永井勘解由邸
亀戸天満宮
湯島聖堂
神田川
柳橋
両国橋
回向院
亀沢町
柳原町
松田町
大伝馬町
日本橋通南三丁目
松田新兵衛宅
馬喰町
大川（隅田川）
竪川
入江町
六間堀
横川
横十間川
呉服町「田辺屋」
日本橋
本材木町
三四の番屋
楓川
五間堀
富川町
小名木川
浄心寺
越中殿橋
八丁堀
永代橋
京橋川
南町奉行所
本材木町五丁目「新・岸裏道場」
深川
木場

『手習い師匠』の舞台

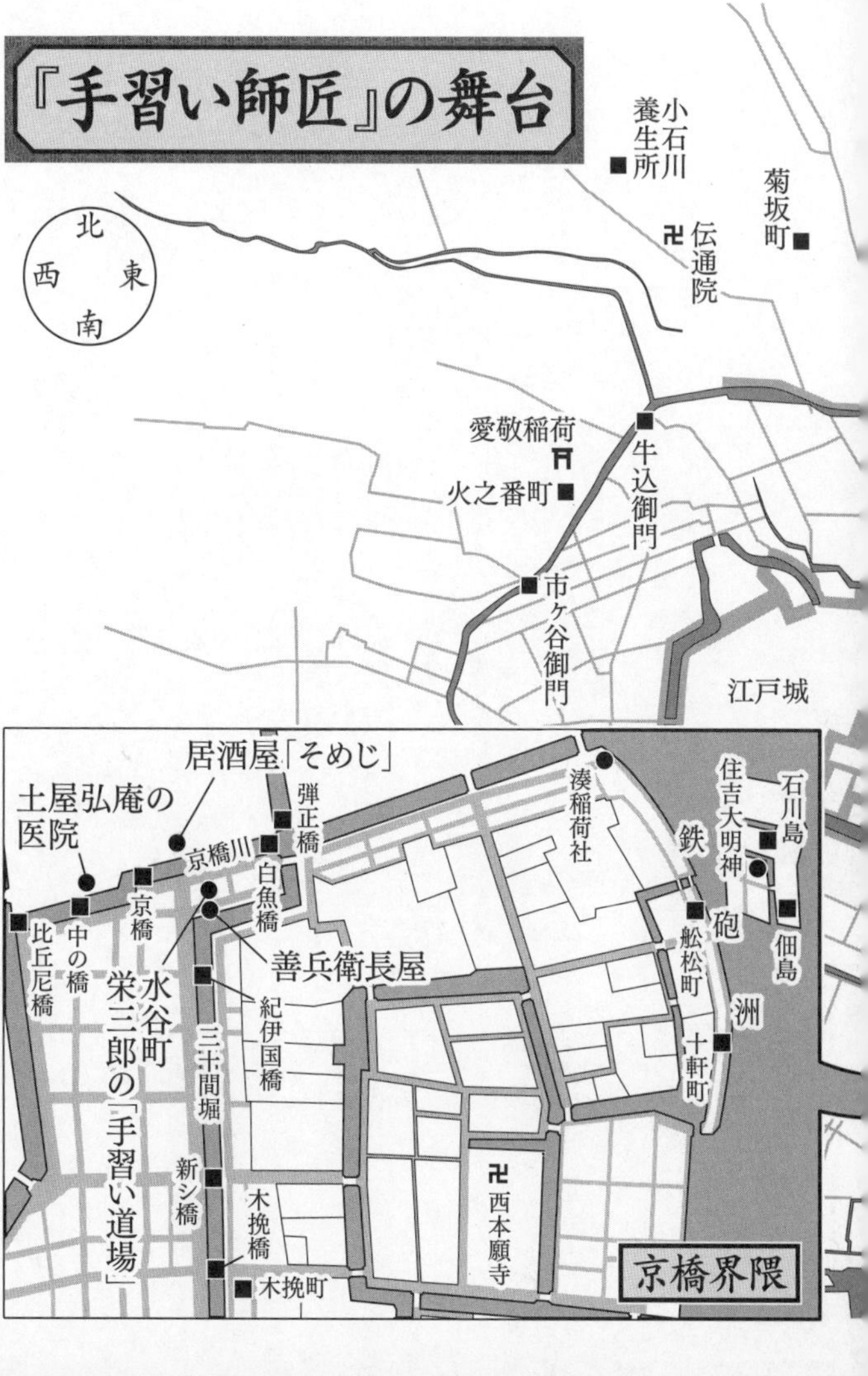
北
西
東
南
小石川養生所
伝通院
菊坂町
愛敬稲荷
牛込御門
火之番町
市ヶ谷御門
江戸城
居酒屋「そめじ」
土屋弘庵の医院
弾正橋
京橋川
白魚橋
京橋
中の橋
比丘尼橋
善兵衛長屋
水谷町
栄三郎の「手習い道場」
紀伊国橋
三十間堀
新シ橋
木挽橋
木挽町
湊稲荷社
住吉大明神
石川島
鉄砲洲
船松町
十軒町
佃島
西本願寺
京橋界隈

第一話　しあわせ

一

文化《ぶんか》五年（一八〇八）の新春。

気楽《きらく》流剣客《けんかく》・岸裏伝兵衛《きしうらでんべえ》は、松の内があけるのを待って、江戸での仮住まいとしていた本所源光《ほんじょげんこう》寺の僧坊を出て、本材木《ほんざいもく》町五丁目の剣術道場へと入った。

この道場は呉服《ごふく》町にある大店《おおだな》の呉服店、田辺《たなべ》屋の主《あるじ》・宗右衛門《そうえもん》が、

「道楽が高じてこのようなものを建ててしまいました……」

ということで新築なったものである。

そもそも宗右衛門のこの道楽は、愛娘《まなむすめ》のお咲《さき》が松田新兵衛《まつだしんべえ》という剣客に恋い焦《こ》がれたものの、堅物《かたぶつ》で一切《いっさい》の欲を捨てて剣に打ち込む新兵衛に近寄ることができず、

――それならば、少しでも恋する新兵衛の〝剣の心〟に触れていたい。

と、新兵衛の相弟子・秋月栄三郎《あきづきえいざぶろう》に女の身で入門したのが始まりであった。

栄三郎は宗右衛門の地所で、子供達に読み書きを教える手習い所を開いていたのだが、時に町の物好き相手に剣術を教えていたから、彼に入門することが新兵衛に近付くに好い手立だと思ったのだ。

こうして宗右衛門は正義の塊《かたまり》のような新兵衛を慕《した》うお咲の気持ちを解し、後押ししてやったのである。

だが、思わぬ剣才を開花させるお咲への肩入れもさることながら、田辺屋宗右衛門は娘を通じて親交を深めることとなった秋月栄三郎の人となりにすっかりと惚《ほ》れ込んでしまった。武家と町人の間を取りもつ〝取次屋《とりつぎ》〟を一方の生業《なりわい》とする栄三郎は、〝取次〟を通してその周囲にえも言われぬ心地《ここち》よい縁を次々と築きあげていた。

以後、何かというと栄三郎とその仲間の輪の中に自分もどっぷりと浸《ひた》りたくて、あれこれお節介を焼いてきた。

それは〝栄三《えいざ》道楽〟となり、ついに栄三郎の想いを叶《かな》えてあげたいと剣術道場まで建てるに及んだというわけだ。

八年前に師・岸裏伝兵衛が廻国修行に出たことでなくなってしまった岸裏道場の復活は、栄三郎の宿願であった。

そしてここ数年、旅の暮らしに安楽を求めつつも江戸にいる日々が多くなった伝兵衛に、もう一度一所に落ち着いて己《おの》が稽古場《けいこば》を開き、剣客としての地位を築いてもらいたいと願うのは、松田新兵衛とて同じであった。

栄三郎と新兵衛の願いはもはや己が願いである、というのが宗右衛門の信条となっていた。

何度か酒席を共にするうち、宗右衛門自身、さすがは秋月栄三郎の師匠であると岸裏伝兵衛に魅せられ、何かしてあげたくて堪《たま》らなくなっていたのである。

「まず先生に江戸に少しでも落ち着いてもらえるよう、住まいを見つけることだ……」

そのうちに、栄三郎はかつて自分が岸裏道場閉鎖の後に借り受けて暮らしていた本所源光寺の僧坊を伝兵衛のためにと再び借り受け、半《なか》ば強引に伝兵衛の仮住まいとしてしまった。

「それならば次はいっそ、お稽古場を用意して差し上げたらいかがでしょうかねえ……」

するとそういう栄三郎の心中を推《お》し量《はか》って、宗右衛門は栄三郎だけにそっと耳打ちした。

見ようによっては金にあかした町人の道楽で剣術道場を建てることに、いくら岸裏道場復活を望んでいたとて松田新兵衛は同意すまいと思ってのことであった。

「あくまでも、この宗右衛門の道楽にお付き合いいただくということで……」

ニヤリと笑う宗右衛門の申し出を、

「喜んで付き合わせていただきましょう……」

栄三郎は深々と頭を垂《た》れて、宗右衛門の厚意をありがたく受け入れた。

そして新兵衛にもお咲にも内緒で普請《ふしん》は進められ、僅《わず》か一月《ひとつき》あまりで道場は昨年師走《しわす》半ばに完成したのである。

「ほう、それはおもしろうござりますな……」

宗右衛門が感心し、かつおもしろがったのは、栄三郎がこの道場をかつて本所番場《ばんば》町にあった岸裏道場そのままの造りにしてもらいたいと、自ら図面を引いたことであった。

なるほどそんな稽古場を見せられたら、なかなかに放浪癖が直らぬ岸裏伝兵衛も、ここでもう一度剣術師範に戻って江戸に落ち着いていただきたいという愛弟子《まなでし》の心に胸を打たれるであろう。

八年前に畳《たた》まれた岸裏道場であるが、十五の時に伝兵衛に見込まれ大坂《おおざか》から江戸へ出て、ここで十五年の間内弟子として過ごした栄三郎は、その間取りや庭石の配置のひとつひとつまで忘れるものではなかった。

道場完成後、栄三郎はこの新道場の存在を松田新兵衛に打ち明けて、宗右衛門の案内によって披露した。

「物事は、時に捻《ね》じ伏せねば前に進まぬことがある……」

栄三郎は岸裏伝兵衛の口癖《くちぐせ》を引用し、新兵衛には新・岸裏道場で師範代として住み込むようにと迫り、すっかりと強くなったお咲をこの道場に預かってもらうと宣言した。

物好き相手に剣術の手ほどきをする京橋水谷町《きょうばしみずたに》の〝手習い道場〟からお咲を羽ばたかせることで、お咲の想いにほだされて心の底では彼女を愛しみつつ、それを表に出すまいと押し殺している新兵衛の懐《ふところ》深くお咲を投げ入れてやりたかったのである。

その結果は秋月栄三郎の思いのままとなった。

昨年暮れにふらっと江戸へ戻った岸裏伝兵衛は、栄三郎に件《くだん》の道場を見せられ、しばし絶句した後、

「栄三郎、お前には負けた。その厚情、ありがたく受け入れよう。店賃《たなちん》はきっちりと田辺屋殿に払う。損はさせぬとまず伝えてくれ……」

そう言った後、

「なるほど、新兵衛が師範代としていてくれるなら、この後またふらりと旅に出ることもできよう。お咲がことも、家主殿の娘となれば是非もあるまい……」

栄三郎の肩を叩《たた》いて高らかに笑ったものだ。

今は正月の末となり、新・岸裏道場もすっかりと落ち着き、勇ましい掛け声と竹刀《しない》の打ち合う音が外まで聞こえている。

門人はたちどころに十人ばかり集まった。

かつては岸裏伝兵衛が、今は松田新兵衛が出稽古を務め、秋月栄三郎が奥向きの武芸指南を務めている旗本三千石・永井勘解由《ながいかげゆ》の口利《くちき》きで、旗本の子弟や家中の者が次々に入門を請《こ》うたのである。

もちろんその中にはお咲の姿もある。

栄三郎は何度か愛弟子の様子を覗《のぞ》きに行ったが、女と侮《あなど》って散々に打ち込まれる若い門人の姿を見て大いに満足をした。

狭い生簀《いけす》から大海に泳ぎ出した魚のように、お咲は実に伸び伸びとして着実に剣を体得していた。

岸裏道場で本格的に剣を修める方が好い。

どうしようもなく強い女となり、町の男が相手にできないようになれば、松田新兵衛とて放《ほう》ってはおけまい――。

それが新兵衛と結ばれる一歩だと説かれて、

「そんな不埒《ふらち》な想いで剣術のお稽古などできませぬ……」

お咲は頰《ほお》を赤らめて、栄三郎から離れて岸裏道場に通うことに逡巡《しゅんじゅん》したが、

「お咲、人は体に合わせて衣服を調《ととの》えねばならぬのだ。お前はもはやおれの稽古場にいたとて上達は望めぬ。なに、他ならぬ岸裏先生と新兵衛のいる所だ、心配はいらぬよ」

と栄三郎は言葉を尽くし、お咲を得心させた。

「先生の仰《おっしゃ》ることはよくわかりました。でも、わたしが秋月先生の弟子であることは、この後も変わりません……」

それでもなおこう言って、お咲は三日に一度は水谷町に栄三郎を訪ねてくる。

栄三郎はその折に岸裏伝兵衛、松田新兵衛の現状を仕入れるのであるが、二人共実に颯爽《さっそう》とした師範ぶりで、門人達は厳しくとも身になる稽古に感動しているそうな。

「又平《またへい》、おれは何やらすっかりと好い心地だよ……」

この日も手習いが終わって、栄三郎はつくづくと乾分《こぶん》である又平に声をかけたものだ。

強くなり、手に負えなくなってきたお咲の落ち着き先も決まった。それが他ならぬ岸裏道場で、親友の栄三郎を剣術界に戻そうと何かと口うるさい松田新兵衛にも拠《よ》る

所が出来た。

これでまた、町場に暮らす取次屋栄三としての暮らしがしやすくなるというものだ。

栄三郎は今、肩の荷が下りたようでほっとしているのだ。

「そうでございますか……。あっしはまた、旦那《だんな》は岸裏先生のお稽古場で師範代に名を連ねるんじゃあねえかと思っておりやしたが……」

近頃は、大好きな旦那が何やら偉くなってしまうのではないかと内心はらはらしていた又平は、からかうように応《こた》えた。

「おきやがれ。もうおれも四十に近いんだぞ、似合わねえことをして足腰立たなくなったらどうするんだよ……」

栄三郎はしかめっ面《つら》をしてみせた。

新・岸裏道場が出来たのは好いが、本材木町五丁目は水谷町からはほど近い。

「たまには稽古に来い」

と、新兵衛が時折栄三郎を怒りにやって来るのがたまにきずなのである。

「おれはもう、町の物好きや、女相手に教えるくれえがちょうど好いのさ……」

などと又平相手に笑っていると、

「栄三郎はおるか……」

野太い声が、子供達が帰ってしんとする手習い道場に響いた。

「又平、お前が下らねえことを言うから、怖い兄《あに》さんが来たじゃあねえかよ……」

囁《ささや》くように又平を詰《なじ》った栄三郎の前に、松田新兵衛が現れた。

「怖い兄さんとはおれのことか」

「お前は耳も鋭いのか……」

「おれを怖がるということは、己が心にやましさがあるからだ」

新兵衛は睨《にら》みつけるようにして、手習い道場の上がり框《かまち》に腰を下ろした。

栄三郎とは同年である新兵衛ではあるが、年々漂《ただよ》う威風は近寄り難《がた》い雰囲気を醸《かも》すようになってきている。

年来の友でなければ逃げ出したいところであった。

又平はというと、こういう時は茶を淹《い》れて参りますと言って、すぐに台所へと姿を消してしまう。

「いや、とりたててやましいことなどはないが……。どうかしたのか……」

恐る恐る栄三郎が訊《たず》ねると、

「岸裏先生がおぬしに話したいことがあるそうだ」

「先生が……」

「うむ。六つ（午後六時頃）に〝十二屋《じゆうに》〟で待っているとのことだ」

「〝十二屋〟に……。何のことだろうな」

「知れたことだ。たまには稽古に来いと言われながら、あれこれ理由をつけてまるで来ようとはせぬ栄三郎に、意見をなされるおつもりであろう」

「いや、あれこれ理由をつけてと言うが、おれはこのところとにかく多忙でな……」

「武者窓からそうっとお咲の稽古を眺める暇《ひま》があれば、入って竹刀を取ればよい」

「なんだ、知っていたのか……」

「ああ。おれに見つかるまいと、そそくさと立ち去ったこともな」

「お前は目もよいのだな……」

「稽古場の外に呼び出されたのは、おぬしに恥をかかすまいという先生のありがたい思《おぼ》し召しだ。心して行くがよい」

「うむ、承知いたした……」

「栄三郎、六つまでにはまだ間があるゆえに言っておく。だいたいおぬしはだな……」

ありがたい親友の小言はしばし続いた。

二

〝十二屋〟は本材木町にある料理屋で、新・岸裏道場からは近い。

傍《そば》に〝三四《さんし》の番屋〟があるゆえに〝十二屋〟となったそうだが、そもそも田辺屋宗右衛門が贔屓《ひいき》にしている店だけに、料理は何を食べても美味《うま》い。

特に寒い頃に出る鴨鍋《かもなべ》は絶品で、鳥獣の肉を好む岸裏伝兵衛は、宗右衛門にこの店で振舞われてからすっかりと鴨好きになってしまった。

「今日は鴨が入ると聞いてな。お前と一杯やろうと思うたのじゃよ……」

六つとなり、秋月栄三郎がやや緊張の面持《おもも》ちで店へ出向くと、意外にも伝兵衛は上機嫌で、すでに火鉢に載せられた土鍋の中へ焼豆腐《やきどうふ》と葱《ねぎ》を入れているところであった。

「ほう……、鴨ですか。それはまた……」

栄三郎の顔がたちまち綻《ほころ》んだ。

どうやら伝兵衛は、栄三郎に意見をするために呼び出したのではなさそうである。

「何事かと思うたか」

「はい。わたくしに意見をなされるおつもりだと新兵衛から……」

「うむ。あ奴にはそう言うておかぬと叱《しか》られるゆえにな」

「ここへお呼び出しになられたのは、この栄三郎に恥をかかすまいとの思し召しと……」

「いや、ちと稽古場では話し辛《づら》いことでな……」

「なるほど……」

栄三郎はニヤリと笑うと、伝兵衛の手招きで傍へ寄り、伝兵衛に代わって鍋に白菜《はくさい》を入れた。

「では、いささか柔らかいお話で……」

栄三郎が上目遣《うわめづか》いで見ると、伝兵衛は澄まし顔で鴨肉の一片を口に頬張り、

「いや、柔らかいと思えば歯ごたえがある……。この鴨のようにな……。まあ食え……」

「ありがとうございます」

「続けて二、三杯飲め……」

「はい……。うむ、これは鴨も酒も結構なものでござりまするな……」

「心も体もほぐれてきたか」

「ほぐれて参りました」

「よし、それならば話しやすうなった」

「何か〝取次〟の御用命でござりましょうか」

栄三郎は、伝兵衛が自分を呼んだ理由がちょっとばかりくだけた頼みであると察し、ことさら平静を装《よそお》いつつ酒を勧めた。

岸裏伝兵衛は硬軟合わせ持ち、清濁併《あわ》せ呑《の》む剣客である。

そういう意味において、硬軟両極である松田新兵衛、秋月栄三郎を弟子に持ったことは格別の幸せであると言える。

「まあ、そういうことではあるが……。ちと照れくさい話でな」

「男というものは、生きているだけで照れくさいものにござりまする」

相変わらず栄三郎は事もなげに応える。

照れくさい話ほどさらりとした言葉で聞く方が相手も喋《しゃべ》りやすいことを、取次屋としては百も承知なのである。

「ふッ、ふッ、男は生きているだけで照れくさいか……。栄三郎、なかなかに味のあることを申すではないか」

「はい、それはもう好い歳《とし》になりましたゆえに……」

「ならば言おう。先だって、五年ぶりにある女と出会《でお》うたのじゃ」

伝兵衛はこんな話をするのも栄三郎ならばこそと、その女の話をし始めた。

「それは粋筋《いきすじ》の女でござりまするか」

「うむ。吉原《よしわら》で一度きり馴染《なじ》んだ女じゃ」

「ほう、それはまたおもしろそうな話でござりまするな」

栄三郎は膝《ひざ》を進めたが、余計な言葉をかけずに、ただ黙々と伝兵衛の話を聞いた。


三日前のこと。

伝兵衛は松田新兵衛を伴《ともな》い、永井勘解由邸へ新たに稽古場を構えた挨拶《あいさつ》に出向いた。

永井邸は本所石原《いしわら》町の北にある。

かつて伝兵衛が開いていた岸裏道場は、そこから目と鼻の先の番場町にあった。

つい先頃まで仮住まいとしていた源光寺もこの近くにあり、伝兵衛は永井邸を出ると新兵衛を先に帰して、一人で辺りを散策し、行きつけの食べ物屋や酒屋など顔見知りのいる店などを覗き、源光寺の住持《じゅうじ》を訪ね物語りなどした。

長い間の旅暮らしを経て、改めて江戸の好さを思い知らされて感慨《かんがい》も一入《ひとしお》の伝兵衛は、その日がちょうど亀戸《かめいど》天満宮の縁日であることに思い当たり、まだ日も高いことゆえ参詣《さんけい》に出かけた。

そして門前で喉《のど》の喝《かわ》きを癒《いや》そうとして茶屋を探すうちに、〝ぼたもち〟の幡《はた》が立っている一軒を見つけた。

少しばかり腹も減っていた。茶屋の様子も藁《わら》屋根でどことなく鄙《ひな》びていたし、平台の上に筵《むしろ》を敷いた風情《ふぜい》もなかなか好い。

店は老爺《ろうや》と小女が忙しそうに立ち働いていて、ぼた餅《もち》の味が好いのであろうか、繁盛している様子に見えた。

――ここでちと休むか。

ふっと茶屋の内を覗き見て、土間の奥でぼた餅を皿に盛っている女の姿を確かめた伝兵衛は首を傾《かし》げた。

その女の顔に見覚えがあったのだ。

伝兵衛の視線を覚えた女は、伝兵衛を見てふっと会釈《えしやく》をしたが、すぐに目を丸くしてこちらも伝兵衛をじっと見返した。

――やはりそうだ。

伝兵衛はその女が、五年ほど前に一夜を馴染んだ吉原の芸妓《げいぎ》であったことに気付いたのである。

　五年前のその日、久しぶりに旅から江戸へ戻ってきた伝兵衛を、かつての剣友である甘木宇兵衛《あまきうへえ》が無理矢理吉原へと引っ張っていった。

　甘木は浪人者であるが、蓄財に長《た》け、金貸しなどをしていて内福であった。以前に、金が絡《から》んだ揉《も》め事からやくざ者の用心棒に襲われたところを伝兵衛に助けられたことがあり、その恩義を忘れずに、今でも伝兵衛が江戸に戻ったと聞くとあれこれ引っ張り回すのである。

　この時もそうで、

「岸裏、吉原に、是非おぬしに客になってやってもらいたい女がいるのだ……」

　甘木の話によると、〝ますだ屋〟という妓楼《ぎろう》の里雪《さとゆき》という遊女がその日をもって年季が明けるとのこと。

　ついては、馴染みの客では未練がましいことにもなる。ただ一度だけ客になってくれるそれなりの男はおらぬかという店の主のはからいで、日頃この店でよく遊んでいる甘木に相談がいったのだという。

「おれに客になってくれと言うのではなく、誰かよい男はおらぬかとはふざけた話だが、おぬしが江戸へ戻っていたのも何かの縁だ。払いはおれに任せて、ひとつ遊んでやってくれぬか……」

　こう言われては、伝兵衛も男の冥利《みようり》に尽きるというものでどうも断れず、甘木に連れられるがままに吉原へと足を踏み入れたのである。

　店の主も里雪も、岸裏伝兵衛を一目見るや、

「さすがは剣術の先生でございますな……」

　広い肩幅、いかにも頑丈そうな体に太い眉《まゆ》が威風を湛《たた》えているが、いつの時でもにこやかな表情からは優しさが滲《にじ》み出ている――。そのような伝兵衛の様子に触れ、たちまち最後の客に望まれたのである。

「里雪とやら、よく勤めあげたな……」

　その夜、伝兵衛は里雪のこれまでの苦労を労《いたわ》りつつ、あれこれ旅の物語などしてやり、自分が遊女を楽しませてやる心遣いを見せた。

「して、廓《くるわ》を離れた後はどうするのだ」

　伝兵衛の問いかけに、

「はい、どこぞで小さな茶屋でも開きとうござんすわいなあ……」

　もう廓を出たとて戻る所もない里雪であったが、店の主が親切な男で、里雪が元のおくにに戻って暮らせるよう、あれこれはかってくれているそうな。

「年増《としま》女郎の相手を、ようしてやって下さんした……」

里雪はそうして最後の客に深々と頭を下げ、無事年季を勤めあげたのである。

「これからは、とにかく幸せに暮らすのだぞ……」

遊女《あそびめ》とのことは一度きりにしておくこと――。

それが伝兵衛の信条であり、弟子達にも言って聞かせる訓戒のひとつであった。

修行中の身に苦界《くがい》の女との恋は身を持ち崩《くず》す因《もと》となるからである。

嘘《うそ》と真《まこと》が入り乱れる廓の中にあっては、さっぱりと遊びに徹した方がよいというのが伝兵衛の変わらぬ思いであった。

伝兵衛は明日からはおくにとなる里雪に励ましの言葉をかけると、あっさり妓楼を後にした。

しかし不思議な縁をもって出会った女のことである。

その後は幸せに暮らしているのだろうか――江戸の外れの茶屋を見かけると、おくにの姿がそこにないか気になったものである。

それでも、さすがにこの二年ばかりの間は、里雪という女郎がおくにとなって江戸のどこかで過ごしていることなど遠い日の記憶となって、茶屋を見かけたとて気にすることもなくなっていたが、思わぬこの日の再会となった。

伝兵衛は表の筵敷きの平台の端に腰を下ろして、茶とぼた餅を小女に注文すると、

「江戸は広いようで狭いものだな……」

挨拶に出てきたおくににただ一言声をかけた。そして彼女のふっくらとして穏《おだ》やかな顔立ちに、今の安定した暮らしぶりを確かめ、

「よかったな……」

と目で告げて、小女が運んできたぼた餅をただの二口でたいらげ、これを茶でぐっと胃の腑《ふ》に流し込み、そそくさと茶屋を後にした。

おくにの昔を知る自分が長居をしてはいけないと思ったのである。

「先生……、お待ち下さい……」

少し歩いたところでそれをおくにが呼び止めた。

「お気遣いはありがとうございますが、少しくらい話を聞いてやって下さいまし……」

すっかりと町の女房風に口調も改まったおくにはにこやかに伝兵衛に頭を下げると、亀戸天満宮の境内《けいだい》を共に歩きながら近況を物語ったのである。

「あれからほどなく、〝ますだ屋〟の旦那様がこの亀戸天神前の小さな茶屋を見つけて下さいまして……」

細々と参詣人相手に茶を出して暮らすうちに、品数に加えたぼた餅が名物となって茶屋は構えも大きくなり、老爺と小女を使うまでになったという。

「これも気持ちよくわたしを世に送り出して下さいました先生のお蔭《かげ》だと思っております……」

つくづくと礼を言うおくにに、

「ふッ、ふッ、おれはたまさか最後の客となって、おぬしに景気付けをしたに過ぎぬよ……」

社《やしろ》の隅《すみ》で頭を掻《か》きながら伝兵衛は応えた。

「今は所帯を持つ身なのかえ」

「いえ……。あのような暮らしを送っていた身でございます。連れ合いにと望んでくれた人もいましたが、二の足を踏んでしまいまして……」

「左様《さよう》か。だが、まだまだそのような機会も出会いもあろうよ。もっともっと、幸せにならねばのう……」

「はい……。とはいえ、わたしと馴染んで下さった人達が今どうなさっているか確かめてからでないと、この身の幸せを追うのは何やら気が引けるのでございます……」

「なるほど。おぬしは苦界に身を沈めていたと申すに、殊勝な心がけじゃな」

「わたしは廓に売られた身を恨《うら》んではおりません。貧乏な百姓の子に生まれて、いつ飢《う》え死にしたとておかしくない暮らしを送っていたのですから……」

おくにの物言いはどこまでも明るかった。

運命に逆らわず、贔屓にしてくれた客のことをいまだに気遣う優しさを持ち続けるおくにであればこそ、無事に年季を勤めあげることができたのであろう。

岸裏伝兵衛は、心からおくにのさらなる幸せを祈って、ほのぼのとした笑みを投げかけた。

頰笑みを返すおくにの姿は、伝兵衛の目に菩薩《ぼさつ》のごとく映《うつ》り、何とかこの女の心の内に漂う靄《もや》を取り除いてやりたいと思ったのである。

話を聞いて栄三郎は神妙な面持ちとなり、

「なるほど。先生はほんにお優しいお方でござりまするな……」

と言って大きく息を吐いた。

自分自身、一夜限り馴染んだ遊女と思わぬ再会を果たしたことのある栄三郎には、真に興をそそられる話であったのだ。

「これ、お前がそのように感じ入ってしまうと、こっちはますます照れくさくなるではないか」

伝兵衛は苦笑いを浮かべて言葉を探すように、また鴨を一切れ口に放り込んだ。

「いえ、何も恥ずかしがることではございませぬ。そのおくにという茶屋の女将《おかみ》、なかなか好い女でございまするな。かつて馴染んだ客が今幸せに暮らしているか、それを確かめぬうちは己が夢を見ることができぬ……、などとは真によろしゅうございます」

「そうであろう……」

伝兵衛は今しも鴨を飲み込んで、少しほっとしたように言った。

栄三郎は穏やかに頰笑んで、

「で、先生はおくにさんにそのことで、手を貸してやりたくなったというわけでござりまするな」

上目遣いに恩師を見た。

「まず、そういうところだ……」

「それでこの栄三郎をお呼び出しになられたというわけで……」

「うむ。もうわかるな」

「はい……。かつて馴染んだ客を捜《さが》してあげればよいのでござりまするな」

「うむ。手数をかけるが、何やら放っておけいでな……」

「お気持ちはよくわかります」

「取次屋として、ひとつ頼まれてくれ」

「それならば稼業にござりますれば、どうぞご遠慮なくお申し付け下さりませ……」

三

翌日から秋月栄三郎は仕事にかかった。

まず亀戸天満宮門前におくにを訪ねて、その存念を直《じか》に訊いて確かめた。

自分が今、茶屋の女将として何不自由なく暮らすことができるのも、贔屓にしてくれた客がいたればこそ。

年季が明け、五年がたち、暮らしも落ち着いた今、生きてきたけじめとしてその男達に礼を言いたい。そしてもし不幸せになっている者がいたとわかれば、おくににできることがあるならば手助けをしたい——。

だが、茶屋を切り盛りする身では、かつての客を捜すことももままならぬし、客の方でも突如昔馴染んだ遊女が自分を尋ねていると知れば気持ちが悪かろう。

その辺の機微をうまく調整しながら、会えるものならば会って、当時の礼を言って昔話をするもよし、会わぬ方がよいのならば、おくにに代わって礼をする――。それが栄三郎の役目となった。

とりあえず、一人の探索に一両。見つかった後に入用《いりよう》になる金子《きんす》は、別におくにが用意することになった。

「やはり岸裏先生が勧めて下さったお方でございます……」

おくには、浪人風体《ふうてい》ではあるが洒脱《しゃだつ》で、まるで飾らぬ栄三郎の人柄に触れ大いに安堵《あんど》して、まず恭太郎《きょうたろう》という名のかつての馴染みについて語った。

恭太郎は、大伝馬町《おおてんま》一丁目に店を構える伊勢屋《いせ》という太物問屋《ふともの》の若旦那であった。

おくにがまだ客を取り始めたばかりの十八の時から一年ほど通ってくれた男である。

初めておくにの前に現れたのは桜の花が満開の頃。

近所の商家の不良息子共に誘われて、花見の後にやって来た。

意志の弱さが姿形に出ている優男《やさおとこ》で、不良達に引っ張り回されて随分《ずいぶん》と飲まされたのであろう。おくにと二人になった時にはすっかり酔い潰《つぶ》れていて、荒い息を吐いていた。

この時恭太郎は二十歳《はたち》であった。

おくには自分と同じ年恰好《としかっこう》の恭太郎にえもいわれぬ親しみを覚えた。

「ああ、今日はもう酒も何もいらないよ……。すまないが休ませておくれ……」

頼りなげな物の言いようが、十五で死んだ弟の面影《おもかげ》をおくにに思い起こさせたのだ。

おくには甲斐甲斐《かいがい》しく恭太郎の世話をしてやった。

どことなく偉そうな客より、こんなはかなげな客の方がまだ十八のおくにには好みであった。

この頃のおくにには、まだ遊客を宥《なだ》めすかして上手に操《あやつ》るような真似《まね》はできなかったのである。

着物を脱がせ、水を飲ませて添い寝をするだけでその日は終わった。

夜になって幾分《いくぶん》体の調子も戻ったところで、

「戻らないとうちの者に叱られる……。今日はこれで帰るが、お前には何やら世話になったようだ。必ずまた来るから、この顔を覚えておいておくれ……」

恭太郎はそう言い置いて店を出た。

「うちの者に叱られる……」

一緒に店へ流れてきた連中は、皆が大人ぶっていきがっていたというのに、何とも正直な恭太郎のことを思い出すと、おくには自然と笑いが込みあげてきた。

そして約束通り、恭太郎はそれから十日ほどしておくにの許《もと》へとやって来た。

「いやいや、もっと早く来るつもりが、親の目を抜くのに手間取ってしまったよ……」

相変わらず物の言いようは頼りなげであったが、その言葉には温《ぬく》もりと真心があった。

「どうぞ、お店のお人に叱られませぬように……。よいところでお帰りになって下さんせ……」

おくにもまた恭太郎に真心で接した。

無理をして来られなくならぬよう、恭太郎の都合で来てくれるだけでよいと気持ちを返したのである。

たちまち恭太郎はおくにに夢中になった。

おくにも好いたらしいお人と、己が初めての情夫と恭太郎を思い定めた。

若い二人のことである。心も体も深みにはまると引くことを知らなくなる。

うまく店を抜け出せる時だけ来てくれたらよいと言いながら、おくには恭太郎が来るのを一日千秋《いちじつせんしゅう》の思いで待つようになっていた。

恭太郎の方もおくにに逢《あ》いたくて逢いたくて、間合を見極《みきわ》めうまい具合に抜け出して吉原通いをしていたのが、それでは満足できずについ大胆な抜け出し方をするようになる。

そんなことをしていたら、そのうちに店の者に見つかり親の知るところとなるに決まっている。

二人共にそれはわかっていた。

しかし、逢いたい想いはすべてを忘れさせてしまう。

「そんな恐ろしいことをして下さんすな……」

ただ黙って店を抜け出してきた時などは必ずそう窘《たしな》めて、すぐに店へ帰すようにしていたおくにであったが、

「まあ、少しくらいならようござんしょう……」

そんな言葉も口をつくようになる。

これではうまくいくはずもない。少々の放蕩《ほうとう》ならば許されるが、度を過ぎ始めていた。

このところは、何かというと外回りの用を進んで務めるようになった恭太郎を、父親である伊勢屋の主は喜んでいたのだが、その内儀で恭太郎の母親であるお久《ひさ》は違っ

た。

　女独特の勘を働かせ、恭太郎の異変を感じとっていたのである。

「うちの者に叱られる……」

　初会の折、恭太郎が口走ったのは何よりもお久のことであったのだ。

「若い頃は、店の銭《ぜに》をわからぬように己が懐に入れて遊ぶくらいでなくてどうする。生真面目《きまじめ》ばかりでは甲斐性者《かいしょうもの》にはなれぬわい……」

　伊勢屋の主は日頃このようなことを周囲の者に言い放つ、なかなかに豪快な男であった。

　それゆえに、息子の恭太郎が仕事にかこつけて吉原に通っていることを知っても、

「歳をとってから酒色におぼれる方がよほど怖い。まあ、今のうちに遊びも女の怖さも知ることだな……」

　などと気にもかけなかったが、

「旦那様と恭太郎では性分《しょうぶん》が違います……」

　お久はそう言って良人《おっと》の放任を厳しく窘めた。

　伊勢屋の主は遊び好きであったが、程をわきまえ確たる意志を持ち、仕事に励みこれを貫く人であった。

「だが恭太郎は違います。ゆくゆくは伊勢屋を継《つ》ぐという強い思いがあの子には備わっておりません。あの子と旦那様とでは、持って生まれた心の強さが違うのでございます……」

もし本当に吉原の女に惚れてしまえば、ずるずると深みにはまり、身上《しんしょう》を潰してしまうかもしれない。恭太郎にはそういうところがあると言うのだ。

お久は、良人と比べるとまるで男としての勢いや押し出しのない恭太郎の先行きを案じていた。

そして同時に、良人とは気性《きしょう》が違う分、優しい心を持っている恭太郎がかわいくて仕方がなかったのである。

その意味では、おくにが恭太郎に惚れる想いと同じであるが、母たる者――吉原の女郎がいくら息子に惚れてくれたとて何も嬉《うれ》しくはない。むしろ近頃息子が吉原の里雪とかいう女郎に入れあげていると耳にして、見たこともないおくにに対して憎悪を募《つの》らせるばかりであった。

お久はついに番頭に命じて店の帳簿を徹底的に洗い出させた。

すると、一年の間に百両ほど金の辻褄《つじつま》が合わないことがわかった。

見て見ぬふりを決め込んでいた伊勢屋の主も、思った以上に恭太郎が吉原に金を注《つ》ぎ込んでいることがわかり、そのままにしておけなくなった。

遊んだのは恭太郎である。遊女屋へ苦情を言うような野暮なことはしなかったが、お久が画策して、ついに恭太郎は伊勢屋の親類である上方《かみがた》の太物問屋へしばらくの間修業に出されることになったのだ。

このまま放っておくと、吉原の女を身請《みう》けして己が女房にすると言い出しかねぬのが恭太郎の優しさなのだと、お久は良人に迫ったのである。

惚れた女を忘れるためには少し江戸を離れた方がよかろうと、伊勢屋の主も女房に言われるがまま恭太郎を上方へ送ることに同意した。

里雪と手を切るようにお久に迫られた恭太郎が、珍しくむきになってこれをはねつけた様子を見て、伊勢屋の主もお久の言うことに耳を傾けざるを得なくなったのだが、上方へやるにあたって自らが筆をとり、恭太郎の顚末《てんまつ》を書いて思い切るようにとおくにに文《ふみ》を送ってやった。

「それから恭太郎さんとは会っておりません……」

おくには目を伏せるようにして、ひっそりと栄三郎に伝えた。

「うむ……。やるせない話だ。だが、伊勢屋の旦那の気遣いが救いだ……」

「はい。そもそも太物問屋の若旦那と添いとげられるなどとは思ってもいませんでしたが、あの頃は若かったのですねえ。つい夢中になってしまって……」

「それから若旦那はどうしているのかな」

「さて、まるで存じませぬ……」

遊女屋の主は、

「好いお客だったと、きれいに忘れてしまうことだ。わたしも伊勢屋の若旦那のことは、今日限り忘れるからね……」

慰《なぐさ》めるように言うと、それからは何ひとつ恭太郎のことについて話してくれなくなった。

「年季が明けてから、どうなさっているかそうっと窺《うかが》ってみようかと思ったのですが、今では立派に跡取り息子として家業に励まれているはず。そこへわたしのような者がうろついてはご迷惑だと思いましてね」

「気にはなったが、そのままにしていたのだね」

「はい。わたしの方も日々の暮らしに追われておりましたから」

「そうだろうよ。そんならまずその伊勢屋の様子を窺った後恭太郎さんに近付いて、昔話に花を咲かせながら女将の話をうまく持ち出してみよう」

「そのようにしていただけたら何よりでございますが……」

「わかっているよ。恭太郎さんがお前さんのことを覚えていたからって、すぐに会わせようなんてしやしませんよ。そこんところはじっくり構えて、あの日の里雪の真心が好い具合に伝わるようにしてみせよう……」

栄三郎はおくにに胸を叩いてみせた。

二人が話をしているのは茶屋の奥の小座敷――表の方では老爺と小女が客に愛敬《あいきょう》をふりまきながら立ち働いている。

何がさてよかったと、栄三郎は無事に苦界を出て立派に暮らす一人の女の姿に触れ、嬉しそうに目を細めた。

四

「旦那、やっぱり本当のことを伝えた方がいいんでしょうかねえ……」

又平が言った。

「そりゃあ伝えるしかねえだろう。気休めを言ったところでいつかわかることだ……」

これに栄三郎が、少しばかり不機嫌な表情で応えた。

かつて品川《しながわ》の妓楼で一夜を馴染んだ女を忘れられずにいたことのある秋月栄三郎であった。

それはおはつという女郎であった。

その頃の栄三郎は、この先剣客としてどうやって生きていこうかと悩んでいた。そんな身で女郎に惚れてしまったとて、切な過ぎる恋が待っているに違いない。

そう思い切ったものの、おはつは夢に出てきて栄三郎の心を切なくさせた。

結局このおはつとは不思議な縁で再会し、どのような身の変転か、今は栄三郎が時折武芸指南に通う永井家三千石の奥向きの武芸場で顔を合わせる間となった。

永井勘解由の婿《むこ》養子・房之助《ふさのすけ》の姉・萩江《はぎえ》が、かつてのおはつである。

だがそれは、いまだに栄三郎と萩江だけの秘め事であった。

そのような廓での恋の思い出があるだけに、栄三郎は不幸せな境遇を歩んできた女を見ると放っておけない。

今度のおくにの取次仕事も、剣の師である岸裏伝兵衛に託されたからという以上に気持ちの入るものであった。

大伝馬町の太物問屋を調べればよいことだし、かつては廓通いをした男のことである。そうとっつきが悪くもないはずだ。

「なに、すぐに恭太郎とは親しくなれるさ……」

そう高を括《くく》っていた栄三郎は、又平に下調べをさせた上で、富裕な剣客に姿を変えて伊勢屋を訪ねようと思っていた。

ところが、おくにと会った次の日に又平を大伝馬町へ遣《や》ったところ、伊勢屋の主も今や老齢で、去年から店の切り盛りは主の娘婿が中心となり務めているという。

そして、跡取り息子であるはずの恭太郎の名はまるで聞かれなかった。

上方に修業に行ったまま帰ってきていないのか、それともあれからまた放蕩がたたって勘当《かんどう》を受けたのか——。

近所の者に訊ねようと思ったが怪しまれてもいけない。又平はひとまず引き返してきたのである。

それで今度は栄三郎が、上方の読本作者〝大和京水《やまときょうすい》〟に扮《ふん》して大伝馬町へ出かけ、伊勢屋近くのそば屋へ入り、流暢《りゅうちょう》な上方言葉で、

「確かこの近くに、伊勢屋はんという太物問屋があると聞いておりましたのやが……」

と、そば屋の主人に訊ねた。

「へい、伊勢屋さんはこの近くでございますが、よくご存じで……」

主人は、店に入ってきた時からおもしろい上方のお人だと栄三郎に親しみを覚えていたので、愛想《あいそ》よく応えてくれた。

「はい。随分と前に、大坂の天神さんでおましたかなあ、伊勢屋はんの若旦那で上方に修業に来てはるという恭太郎はんにお会いしまして、何度か江戸の話を聞かせてもろたことを覚えております……」

「はあ……、恭太郎の若旦那ねえ……」

主人は、恭太郎が昔上方へ修業に行かされたことを覚えているようで栄三郎の話に大きく相槌《あいづち》を打ったが、どうもその表情は暗かった。やはり何か深い理由があるのであろうと栄三郎は察して、

「いや、わたしはそれから京へ移って、まあ、あほみたいな本ばっかり書いて暮らしましてな。恭太郎はんとはまるで縁遠なったのでおますが、今頃はもうお店《たな》の跡を継いで気張ってはりますのやろなあ。ちょっと訪《たん》ねたろかと思ていますのやが……」

「ああ、そいつはおやめになった方がよろしゅうございますよ」

主人はこれに慌《あわ》てたように応えた。

「何でだす？」

「恭太郎さんはねえ……」

主人は声を潜《ひそ》めて、

「修業に行ってから半年ほどして、どこのお寺だか知りやせんが、切り立った石垣の上から落ちて亡くなったんですよ……」

「何ですて。亡くなった……」

「へえ。どうも手前の方から飛び下りたってえますぜ……」

それから慎重に話をかき集めてみると、恭太郎は吉原の里雪と引き離された後は文を出すこともままならず、遠い上方の地で惚れた女と逢えぬ身をはかなんで、ふらふらと夢現《ゆめうつつ》のうちに高処から落ちたようだ。

これはもう自害したと言えるであろう。

互いに誓いを交《か》わしていても、若い男はやがて遊里から一旦遠ざかり、周りから勧められる娘を女房として分別をつけていく。

再び廓に足を踏み入れても、それはもう男の付き合いであり、割り切った遊びとなるものだ。

おくには恭太郎が去った後、所詮《しょせん》女郎は売り物買い物で、淡い夢を見させてもらったと割り切って、他の客との仮初《かりそめ》の恋路にその身を任せた。

遊女・里雪には死を選ぶことすらできなかったのだ。

しかしその間に、恭太郎はおくにが知らぬうちにはかなくなっていた。しかも自分と逢えぬ身を嘆いて自ら命を絶ったのだ。

これを聞けば、新たな幸せを見つけようとして、心の区切りをつけるためにかつての馴染みの消息を求めたことがかえって仇《あだ》になり、おくにの心に大きな穴をあけてしまうことになるのではないか——。

又平共々、栄三郎はそれを案じたのであるが、それをはっきりと伝えることが取次屋の仕事であった。情を差し挟むのは頼んだ相手にかえって無礼なのだ。

栄三郎は次の日に亀戸へ出向き、おくににこれを伝えた。

「左様でございましたか……」

おくにはやり切れぬ表情となり目に涙を浮かべた。ただ、過ぎ去った長い日々が恭太郎を思い出と変えていて、彼が死んだという事実をぼんやりとさせていた。

それが救いであった。

そして、栄三郎が案じたほどおくにはか弱い女ではなかった。当たり前のことである。

身売りした女達は、ほとんどが身請けされる以外は病に倒れたり、他の低級な岡場所に流れたりして、まともに年季を勤めあげ、自由の身になることなどできはしまい。

その中をたくましく生き抜いてきたおくになのだ。かつての客の一人が死んでいたとて、そのようなこともあろうと覚悟は出来ているのであろう。

いい歳になって、そのあたりの人情もわからぬようではおれもまだまだ若造だと、栄三郎は苦笑いを浮かべて、

「この探索に一両はもらいすぎですよ。まずこの度《たび》は、二分《ぶ》だけいただいておきましょう……」

取次屋という商売人の顔に戻って、二分の金をおくにの前に戻した。

「いいえ、お約束でございます。どうぞお収め下さいまし……」

おくには静かに言って、それを押し戻した。

「初めて廓へやって来てわたしの許で酔い潰れていたのも、馴染みを重ねた後に江戸からいなくなったのも、みな恭太郎さんのお心のままでございました。わたしはただその縁に従うだけにございました。それゆえに、恭太郎さんがお亡くなりになったことも、わたしにはどうしようもできぬこと……。今はただ、あのお方の弱気を恨むばかりでございます……」

「なるほど、その通りだな……」

生きていればこそ——。

人と触れ合えることもあろう。一時恋にこの身を焦がした人だからこそ、呆気《あっけ》なく死んでしまったことは、おくににとっては悲しむ以上に無念で腹だたしいことなのだ。

「では、伊勢屋の若旦那のことはこれで忘れて、その後贔屓になった人の探索にあたるといたそう」

栄三郎は取次屋として、あっさりと次の仕事へと水を向けたものだが、

「伊勢屋の旦那様がお体の具合を崩されているとのことですが、お内儀様はどうなされておいでなのでございましょう」

おくには自分と恭太郎の仲を裂いたはずの伊勢屋の内儀・お久のことを問うた。その声音《こわね》には、まるで昔を恨む響きはなかった。

「ふッ、ふッ、お久というお内儀は恭太郎さんをかわいがっていたが、かわいさ余って死に追いやった人でもある。それゆえに、このことはもうどうでもよいことと思っていたが、やはり気になるものかな」

「死に追いやったといえるゆえに、ご心痛はいかばかりかと。もしや気うつからお体をこわされてはいないかと……」

「体をこわしていたとすれば自分のせいだと……？」

「恭太郎さんはわたしに会うためにお店のお金に手をつけたのですから……」

「ならば訪ねておあげなされ。お久殿は向嶋《むこうじま》の小梅《こうめ》村で養生《ようじょう》をしているそうな」

「では、やはりお体を……」

「そのようだ……」

「訪ねるのはようございますが、会って下さるでしょうか」

「心配いらぬよ。今は正気をなくしているという……」


さらに翌日。

おくには栄三郎の案内で小梅村へと出かけた。そこは皮肉にも、おくにが暮らす亀戸からさして遠くない水路と田地に囲まれた穏やかな処《ところ》であった。

その一隅に建てられた庵《いおり》に、お久は下女一人に身の回りの世話をしてもらいながらひっそりと暮らしているという。

最愛の息子を上方などに行かせてしまったがために死に追いやったのだと、それを悩んだお久は気うつに見舞われ、やがて寝込むようになった。

そのうちに過去と今の区別がつかなくなり、あらぬことを口走るようになったのでここへ移されたのである。

「まるで梅若丸《うめわかまる》の母のようだ……」

小梅村の穏やかな風景を眺めながら、栄三郎は傍《かたわ》らのおくににぽつりと言った。

「だが、今と昔がわからなくなったことは、お久殿にとっては幸いかもしれぬ……」

おくにはこっくりと頷《うなず》いた。

二人が歩いてきた田園の小路の向こうに、庵風の平家が一軒ひっそりと建っていた。

そこがお久の隠居所のようだ。

小川の辺《ほとり》の百姓家を改築したもので、小ぎれいにはしてあるがどこか寂寥《せきりょう》が漂い、栄三郎とおくにをしばしその場に立ち竦《すく》ませた。

やがてその中から女中を呼ぶ女の声がしたかと思うと、一人の老女が表へ出てきた。

数日交代で伊勢屋から派遣されている女中が用を足しに出かけていて、それを捜しているのであろう。その老女こそお久であった。

しっかり者の内儀であった風情は、きっちりと襟《えり》を合わせて衣服を着ている様子に見受けられるが、足下《あしもと》は素足で髪はほつれ、目の焦点も定まっていなかった。

「ええ、腹の立つ……」

お久は木の枝でも踏みつけたのか、右足の小指に手をやって屈《かが》み込んだ。女中はいないし足は痛むわで、真にやるせない表情を浮かべていた。

おくには栄三郎に小さく頭を下げると、一人お久の傍へと寄っていった。

栄三郎は傍に続くすすき野に身を入れ、そっとこれを見守った。

おくには小走りに駆け寄ると、お久に声をかけ、己が手拭《てぬぐ》いを小川で濡《ぬ》らして甲斐甲斐しくお久の足の小指の傷を癒した。

虚《うつ》ろであったお久の目に光が宿ったように見えた。

お久は何度も頭を下げると、楽しそうにおくにに声をかけ、おくには自分の草履《ぞうり》をお久に履《は》かせると、家の中へとお久を連れて入った。

おくにがかつて自分の息子が死ぬほど惚れた遊女であることなど、お久には知る由《よし》もないが、二人寄り添う姿は何ともほのぼのして見えた。

冷たい風がすすきを激しく揺らしたが、栄三郎はみじろぎもせずにおくにが出てくるのを待った。

小半刻《こはんとき》の後、おくにはお久の隠居所から出てきた。

「待っていて下さったのですか……」

おくにはすすき野から出てきた栄三郎を見て申し訳なさそうに頭を下げたが、身も心も晴れ晴れとしているように見えた。

「世話をしてあげて、喜んでくれましたかな……」

「はい、それはもう……」

二人は小梅村を後にした。

「お久殿とはどんな話を……」

「はい。これはご親切に助かりましたと申された後、上方へ修業に行っている息子さんの話をされました」

「そうでしたか。楽しそうであったかな」

「はい。自慢をするように……」

「それは何より……」

「あれこれお世話をすることができて、嬉しゅうございました」

「気はすんだかな」

「はい。何よりも、そのうち息子は江戸へ帰ってきます、帰ってきたらわたしが嫁を選んでやらねばなりませんが、あなたのような人がよいのですがねえ……。そう言って下さいました……」

並んで歩くおくにの目に、どっと涙が溢《あふ》れ出すのが栄三郎にわかった。

栄三郎は何か声をかけようとしたが、その時冷たい風がひゅッと吹き抜けて、おくにの涙の滴《しずく》を荒れ野に散らしてしまった。

五

「この稼業を長くやっていると、おもしれえ取次に出合うもんだなあ……」

秋月栄三郎は小梅村から戻ると、又平につくづくと言ったものだ。

所詮は嘘と真が交錯《こうさく》して、どこに正義を見出《みいだ》すべきかもわからぬ遊里の世界で出会った男のことである。

それでも、その中でも自分のことを贔屓にして金を注ぎ込んでくれたかつての客への恩義を思い、幸せを摑《つか》みかけている今、どうしているか確かめておきたいとは、まったくおめでたい女もいたものだ。

そして、そのおめでたさはまさしく栄三郎の好みであった。

小梅村からの帰り道、栄三郎はおくにから次の尋ね人を聞かされた。

その男は恭太郎がおくにの許から去った後、贔屓となってくれた男であった。

「その尋ね人は松並伊左衛門《まつなみいざえもん》って男だ」

栄三郎は早速調べにかかるように又平に告げた。

「松並伊左衛門……。お侍ですかい」

「いや、芝居や読本を書いている作者ってやつだ」

「作者……。旦那が時折化ける大和京水のことですね」

「ああ、そういうことだ」

「そのお人は生きているんですかねえ……」

「それはわからねえが、この男も上方へ行くと言ったきり、そのままふっつりと通ってこなくなったそうだ」

「上方へ行ったきり？　そいつは厄介《やっかい》ですねえ。わざわざ上方まで行くわけにもいかねえでしょう」

「いや、松並伊左衛門は、恐らく今は江戸にいるぜ」

「どうしてわかるんです」

「ちょっと前に暇潰しに読んだ本が、確かその、松並伊左衛門って作者のものだったんだ。本屋は、近頃江戸で売り出し中だ……。なんて言っていたから、今は江戸にいるに違《ちげ》えねえ」

「それはよろしゅうございました。で、その本はおもしれえものでしたかい」

「いや、さっぱりわからねえ話で、外題《げだい》が何かも忘れちまった」

「だが、作者の名は覚えていた……」

「ああ。こんな下らねえ本を書きやがったのは何て野郎だか、確かめたくなってな」

「そんなら松並伊左衛門って人は、今大して幸せじゃあねえのかもしれませんねえ」

「そいつが心配だ」

「おくにさんにはそのことを……」

「本を見かけたとだけ伝えておいた」

「わかりやした。さて、版元に詳《くわ》しい者ってことになりやすと……」

「久しぶりに鈴川清信《すずかわきよのぶ》に会ってこようよ」

「なるほど、そいつはよろしゅうございますねえ」

鈴川清信は本郷《ほんごう》の菊坂《きくざか》町に住む絵師で、栄三郎が小石川片町《こいしかわかたまち》に道場を構える馬庭念流《まにわねんりゅう》の剣客・竹山国蔵《たけやまくにぞう》を訪ねる折に、その仕事場に掛けられている浮世絵に目を奪われたことから知り合い、交誼《こうぎ》が続いている。

この二年の間、清信は絵師としての才を開花させていて、方々の版元と付き合いがあった。

その伝手《つて》を頼って調べてみると、松並伊左衛門という作者の存在はすぐに知れた。二年前に上方から戻ってきて、今は日本《にほん》橋の北、松田《まつだ》町に住んでいて、時折読本を書いているそうな。

おくにから聞いた話によると——。

松並伊左衛門は、おくにが伊勢屋恭太郎との悲恋を経て、うつうつとして日々廓での暮らしを送っていた頃についた客であった。

おくには二十歳になっていたが、まだ客あしらいがうまくできずにいた。

伊左衛門はそんなおくにを一目見るや、

「ふッ、ふッ、お前は吉原の女《なか》に似合わず初《うぶ》だねえ。ようし気に入った。そんなお前だからこそ教えてもらいてえんだが、こいつを読んでどう思う……」

などと言って、自分の書いた黄表紙《きびょうし》を読ませて感想を訊いた。

伊左衛門はこの時二十五、六で、おくにが読んでいる間、真剣な目差《まなざ》しを向けてきて、おくにの表情を窺い、おくにが読んで頰笑めば嬉しそうに自分も笑い、おくにが目を潤《うる》ませることがあれば、してやったりと何度も何度も頷いてみせたものである。

「お前は吉原に来てから読み書きを習ったのだろうが、それだけすらすら読めたら、大したもんだ。きっとお前は頭が好いのだよ。貧乏な百姓の子に生まれなかったら、紫式部《むらさきしきぶ》みてえになったかもしれないねえ……」

そして共に寝転びながら、おくにに山東京伝《さんとうきょうでん》の黄表紙など読み聞かせつつ、時折こんなことを言って誉《ほ》めてくれた。

読み書きもろくにできぬまま廓へ売られ、遊女屋の中で手習いをしたおくににとって、伊左衛門は真におもしろい手習い師匠のようであった。

いつしか馴染みになったとて、逢えば燃えあがり、別れを惜しみ涙にくれるような恋の苦しさは伊左衛門との間にはない。それでも、今度あの人は自分にどんな話をしてくれるのであろうかという楽しみが伊左衛門の登楼を待ち遠しくさせたし、待つ間も、

「今度来る時までに、こいつとこいつを読んでおいてくんな……」

と言っては何かしら本を置いていってくれるから、不安や寂《さび》しさを覚えることもなかった。

悲恋に泣いた後のおくにには、何とも自分の心を解き放ってくれる客であったのだ。

引き締《し》まった体に少しばかり苦味走った精悍《せいかん》な顔は、およそ物書きには似合わぬ風《ふう》貌《ぼう》であるが、元は武士の出であると聞いて納得した。

父親が浪人して、その次男であった伊左衛門は旗本屋敷で若党などを務めたこともあったが、芝居小屋の仕切場の用心棒兼書役に雇われることになり、好きな芝居の道へと歩み出したという。

かの近松門左衛門《ちかまつもんざえもん》も武士の出である。いつか自分もと、伊左衛門は芝居の狂言を書き、「廓 達引《くるわのたてひき》」なる芝居が堺町《さかいまち》の都《みやこ》座でかかった。

これがなかなかの評判をとり、芝居好きの深川《ふかがわ》の材木商が贔屓になり、何かというと伊左衛門を引き回してくれるようになった。

これによって松並伊左衛門は払いを気にせず、この〝ますだ屋〟で遊べるようになったというわけだ。

しかも伊左衛門は里雪を気に入って馴染みになってくれたから、伊左衛門の贔屓からの金の流れはおくにの借財を随分と減らしてくれた。

「おれはねえ、芝居だけじゃあなくて戯作《げさく》を書こうと思っているのさ。何といったって、芝居は小屋に行かねば観られねえが、本ってえものは六十余州津々浦々で読めるってもんだ。まあ見ていねえ。この先二、三本狂言を書いたら松並伊左衛門の名は知れ渡る。そこからはいよいよ戯作だ。この前お前に読んでもらったがどうだった」

伊左衛門は口癖のようにこう言った。しかし、最初の読者となっているおくにであ

ったが、伊左衛門の書く本はどれも人物の相関が複雑でよくわからない筋立てになっているので、意見を問われても、

「わちきには難しゅうござんすが……」

と前置きしてから、適当な言葉をみつくろって誉めておくしかなかった。

廓へ来て、女郎から本気で意見を聞こうなどと思っている男などまずいるまい。

「思ったことを言ってくれ……」

という言葉は、

「とにかく誉めてくれ……」

という言葉に等しい。

そんな男の本音をおくにはよく心得ていたのである。

ただ誉めるにしても手放しで誉めては嫌味になる。それゆえ、自分はたかが女郎で、無知であることを前にふっておくとちょうどよいのだ。

もっとも、この時の伊左衛門は自信に充《み》ちていて、少々辛口の意見を言ったところで、

「お前にはちょっと難しすぎたようだ……」

などと笑って済ませたであろうが――。

だが、この先二、三本芝居を書いて松並伊左衛門の名を知らしめようと考えたものの、次に書いた芝居はまったく振るわず、世間の評価も低かった。

「ふん、世間の奴らは芝居ってものをまるでわかっちゃあいやがらねえ……」

伊左衛門はめげずにそううそぶいたが、その次の芝居がまるで書けなくなってきた。

さもありなん——。創作というもの、一本や二本は芝居や本への想いがあれば、自分の実体験などをもとになかなかのものが出来上がる。

問題はそこからだ。作者になって生きていくのならば、無から次々と新しい作り話を生まねばならない。

初めに書いた狂言が評判を呼んだことで、伊左衛門は己が才を信じた。その上に、贔屓がついてその機嫌さえとっておけば遊ぶ金にも困らないとなれば、ますます執筆に精を出さなくなる。

だからいざ次作をと取り組んでみると、評判が気になって書けなくなる。作者は書いてこそである。書きながら成長していくものなのだ。

芝居の狂言作者としての地位は呆気なく下降した。次作が不評でその次が出てこないとなれば当然の成行きであった。

そんな伊左衛門の面倒をいつまでも贔屓の旦那がみてくれるはずもなく、伊左衛門はもう吉原で遊んでいられなくなり上方へと移ったのである。

「まったく近頃の客は、芝居のことなど知らねえくせに通を気取りやがるからいけねえ……」

そんな愚痴《ぐち》を里雪の前でこぼした後、ふっつりと通ってこなくなったのだが、一度だけ文と共に一冊の読本が送られてきた。

「十六夜合戦《じゅうろくやかっせん》」というものであったが、いそいそと読んでみたものの、やはりおくにはさっぱりわからない話であった。

それでも文には、上方には江戸にない風情があって、芸事への熱も大したものである。自分は上方風の色合を込めた読本をもって江戸へ戻り、必ず大評判をとってやる――そう認《したた》められてあったという。

武家の出から作者となって、それなりに苦労もしたであろうに、わかったことばかり言って努力もせずに中身が伴わない――。

馬鹿な男ではあるが、人を喰《く》ったようなおかしみのある笑顔で、あれこれ妓能、雑芸《ぞうげい》、滑稽《こっけい》の類《たぐい》まで、珍しい話を聞かせてくれた伊左衛門はどうにも憎めない男であった。

おくには伊左衛門のお蔭で、世にはおかしみが潜んでいることを知った。それを掘り出すことで、廓の中に閉じ込められた身にも日々楽しみを見つけられることがわかったのである。

通ってくれたのは一年余りであったが、いつか読本の作者となって江戸へ戻ってきたら、

「先生が通って下さったお蔭で無事年季を勤めあげられました……」

おくにはそう礼を言いたいのだ。

栄三郎は着流しに刀を落とし差しにした、ちょっと粋な浪人風体で松田町へ向かった。

絵師・鈴川清信の伝手で知り得た松並伊左衛門の評判は一様に〝おもしろい男〟であったが、大した仕事もしていないのになかなか優雅な暮らしを送っているとのことで、伊左衛門の昔を知る者などは、

「また、言葉たくみに贔屓に取り入っているのじゃあねえですかねえ……」

と、少しうがった見方をした。

いずれにせよ、江戸に戻ってきてはいるが、上方での修業を生かして新たに読本で

大評判をとっているわけでもなさそうだ。

京橋から日本橋へと向かい、日本橋を北へ渡り、江戸の目抜き通りをさらに北へと進み、神田鍋町《かんだなべ》を右へ折れた辺りが松田町だ。

目当ての家は古道具屋の向かいにある、格子戸《こうしど》が風情のある仕舞屋《しもたや》であった。

「御免下され……」

栄三郎はがらりと戸を開けると案内を請うた。小細工などは施《ほどこ》さず、直に会うと初めから決めていた。

家の中は二間続き。戸は開け放たれていたが、山水《さんすい》が描かれた屏風《びょうぶ》が立てられてあり、その向こうからゆったりと墨を擦《す》る音が聞こえてきた。

「はて、聞き覚えのないお声ですが、どちらさまでございましょう」

そして墨を擦る音に乗せて、少し嗄《か》れた声が返ってきた。

「松並先生でござるな」

「はい……。先生と言われるとお恥ずかしゅうございますがねえ」

「わたしは秋月栄三郎という者ですが、先生の『風流合戦記《ふうりゆうかっせんき》』を読んで、あまりにおもしろいので一声かけたくなりまして……」

あまりにもおもしろくなくて外題まで忘れてしまった読本がそれであったことを、

栄三郎は調べ直していた。

「それはそれはご奇特な……」

屏風の向こうから転がるように、松並伊左衛門が姿を現した。

何事においても物を作る者には、自作を称《たた》えられることが最高の殺し文句となる。なるほど、元は武士というだけあって、やや殺伐《さつばつ》とした匂《にお》いがほのかに体から漂っているが、その表情は笑みに包まれていて、とぼけた味わいに親しみを覚える——。

昔の世間知らずの生意気が和《やわ》らぎ、さらに憎めなさに磨《みが》きがかかったのであろう。又平には酷評した読本を誉めるのは辛かったが、日頃の読書好きが功を奏した。わけがわからなかったところ、おもしろくないところを逆に評すればよいので、話はしやすかった。

とにかく、秋月栄三郎好みの松並伊左衛門である。年恰好も同じとあれば、二人が話を弾《はず》ませるのに刻《とき》はいらなかった。

伊左衛門は、わざわざ自分の居所を訊いてまで訪ねてくれた栄三郎をまるで疑うことなく無邪気に喜んで迎え、近くのそば屋に誘ってまで感想を求めてきた。

このあたり——秋月栄三郎の人たらしぶりはますます円熟の度合を見せている。話の展開は実に早かった。

「秋月先生は、いったいどんなわけで、わたしの本を読んでやろうと思ったのです……？」

伊左衛門の問いに、待ってましたとばかりに、

「亀戸天神前の茶屋の女将に勧められましてな」

「ほう、茶屋の女将がわたしの名を知っているとは嬉しゅうございます」

「大きな声では言えませんが、その女将は吉原で年季を勤めあげたお人でね……」

「なるほど、吉原にいた頃に読んでくれていたのですね。吉原では何と名乗っていたのかご存じですか。あ、いや、わたしにもちょっとした思い出がありましてな……」

「ああ、そんなこともあったのでしょうな」

「もしご存じならば、そっと教えて下さいまし……」

「それならば内緒で……。里雪という名であったと……」

「里雪……？」

伊左衛門はその名を聞いて驚き、固まった。

よかった――。

あれこれ問うまでもなく、伊左衛門はおくにのことを忘れてはいなかった。

それから半刻ばかりそば屋で話が弾んだ後、栄三郎はすっきりとした表情で帰路に

ついた。

久しぶりにおもしろいほどうまく運んだ取次に、何とも幸せな心地になったのである。

「おう、栄三先生じゃあねえか……」

日本橋への通りを上機嫌で歩いていると、聞き覚えのある声に呼び止められた。

振り返ると、にんまりと笑って栄三郎を見ている固太りで丸顔の男の顔があった。

「何だ、前原《まえはら》の旦那か……」

男は南町奉行所・廻《まわ》り方《かた》同心の前原弥十郎《やじゅうろう》であった。

「何だ……とはご挨拶だな……」

弥十郎は丸い顔の中で口を尖《とが》らせた。

相変わらず人の喜怒哀楽《きどあいらく》に間が悪く入り込んでくる、この薀蓄《うんちく》おやじは健在である。

「ふッ、ふッ、何か用ですかい」

まあ、変わりのないのが天下太平だと、栄三郎は弥十郎に向き直った。

「いや、最前お前が誰かと楽しそうにそば屋から出てくるところを見かけたんでな……」

「ああ、あれは松並伊左衛門ていう読本の作者ですよう。読んだ本がおもしろかったんで、ちょいと訪ねてそう言ったらえらく喜ばれましてねえ、そばを食わせてもらったってわけで」

「ほう、松並伊左衛門。お前、その先生が書いた本を読んでいたってえのかい」

「こう見えても本好きでねえ」

「ほう……」

弥十郎はまじまじと見て、

「まあ、お前らしいな……」

そう言い置いて、また見廻りに戻って歩き出した。

「何でえあの野郎……。せっかく好い心地でいるのに水をさしやがって……」

栄三郎は、まるで八丁堀《はっちょうぼり》同心姿が似合わない弥十郎の後ろ姿をしばし見送った後、

「まあいいや……」

これから起こるちょっとした奇跡に思いを馳《は》せて、足取りも軽く京橋へと歩みを進めた。

六

「いやいや、里雪、お前とこうしてまた会えるとは、ほんに嬉しいねえ」

「そう仰っていただけますと、出てきた甲斐がございました……」

「里雪と言ってはいけなかったね。おくに……でいいな……」

「はい。今では亀戸天神前で茶屋を営《いとな》むくにでございます」

「それは何よりだ。いや、無事に年季を勤めあげて茶屋の女将になったとは、よく励んだねえ……」

「それも先生のお蔭でございます」

「いや、おれは何もしていねえや。通ったといってもほんの一年くらいの間だし、お前の年季明けに大した役にも立っていなかったはずさ……」

秋月栄三郎が松並伊左衛門を訪ねた翌日。

おくには松田町からほど近い、玉池稲荷《いなり》の向かいにある料理屋で伊左衛門と再会した。

約十年ぶりのことであった。

栄三郎から、自分の本がおもしろいと勧めてくれたのがかつての里雪だと知り、伊左衛門は大喜びをした。

里雪と馴染んだ日々は、伊左衛門にとっても忘れられない思い出であったのだ。吉原通いもままならぬ身となり逃げるように上方へ行った後も、伊左衛門は里雪を忘れなかった。それは、彼が読本を送ったことでわかる。

だが、それからすでに七年の歳月がたっている。その間、日々の暮らしに追われ、新たな境地も拓《ひら》かねばならぬ。日は刻々と過ぎ、いつしか遊女・里雪は思い出となってしまった。

江戸には二年前に戻ってきたが、

「戻ったばかりの頃は、ちょっとの間に様変わりしてしまった江戸に戸惑《とまど》っているうち、日にちばかりがたってしまいましてねえ……」

もう自分のことなど忘れてしまっているであろう里雪を訪ねることなど、何やら恥ずかしくてできなかったし、まだ〝ますだ屋〟にいるとも思えなかったと、伊左衛門は栄三郎に頭を掻きながら伝えたものだ。

それが、しっかりと年季を勤めあげ、人に自分の本を勧めてくれていたなど、伊左衛門にとっては夢のような話だったのだ。

これはもちろん、栄三郎の取次によるもので、おくにとの再会は必然であったのだが、伊左衛門にしてみれば、自分の本を誉めに来てくれた男がおくにと顔見知りであったという偶然は、里雪への郷愁《きょうしゅう》をさらにかきたてたのである。

「照れくさい話ですが、わたしはその里雪と馴染んだことがありましてねえ……」

「やはりそうでござったか。それならわたしがすぐに取りもちましょう。会って昔話などをすればよい。いや、縁はどのように繋《つな》がっているかしれませぬな。わたしが先生の本を読んでおもしろいと思ったればこそ、こうして訪ねてきたというわけで……」

などという話になったのである。

時刻は正午。

ちょうど離れ座敷のある行きつけの料理屋が近場にある。伊左衛門がここを押さえて、今日の対面となった。

おくには華美を抑えた目千《めせん》（銘仙《めいせん》）の着物に身を包み、今はしっかりと体を動かして働いていますという様子を見せた。

伊左衛門は髪を撫《な》でつけ、結城《ゆうき》の対《つい》を着ていそいそと出かけたのだが、昔変わらぬ容貌に地味な作りがまた成熟した女の色香を醸すおくにを見て、

「これはどうも、好い歳をして、若い頃に戻ったような心地だよ……」

と、照れ笑いを浮かべたものだ。

それからは件の会話となって、おくにはただただ昔のことを謝したのである。

「読本の方もうまくいっているようで……」

おくには栄三郎から知らされた「風流合戦記」をここへ来るまでの間に慌てて読んで、以前から読本の動向にはいつも気をつけていて、早速みつけて読みました……。

そこは嘘をついて、何がさて江戸で再び筆を揮《ふる》い始めた伊左衛門を祝った。

「いや、読んでくれたのは嬉しいが、作者としてはまだまだだね。といっても、秋月先生のようにおれの才を認めてくれる人も近頃では増えてきて、まあ、これからだねえ……」

その自慢っぷりが十年前と重なって、おくには思わず笑みを浮かべた。

自由の身で人と会えることがこれほど楽しいことかと、年季が明けた後初めて思い知らされた瞬間であった。

膳は田作《たづくり》と鯉《こい》の濃漿《こくしょう》が出た。酒は伏見《ふしみ》の下《くだ》り酒。やり取りすると二人の心はますます弾んできた。

「だがおれはね、焦らずゆっくりと書くつもりだよ。というのも、江戸へ戻ってくるきっかけになったのは、江戸にいた頃おれを贔屓にしてくれた旦那と、京でばったりと出会ったことでね。そろそろ江戸に戻ったらどうだと勧められてね……」

その旦那曰《いわ》く、何か小商《こあきな》いでもしながら本を書けば好い。まず日々の糧《かて》を得て書けば、じっくりと好いものが書けるはずだ。その資金くらいは自分が用立ててやろうではないか――。

「それでまあ、貸本屋を開いたんだが、これがなかなかうまくいってね。今では人に任せながら書いていられるようになったんだよ……」

伊左衛門は、それゆえにちょっと落ち着いて、こんな料理屋で一杯やれているのだと言った。

この話は昨日、栄三郎も聞かされたのだが、確かに馬喰《ばくろ》町にある貸本屋は繁盛しているようだと又平の報《しら》せでわかった。

となれば、まさしく伊左衛門とおくには五分《ぶ》と五分の暮らしの様子。互いに身過ぎに引け目があれば、金が目当ての再会と思われては嫌であるゆえに先の付き合いがしにくいものだ。

しかし今の二人ならば――。

三十を過ぎても瑞々《みずみず》しさが残るおくにを見る伊左衛門の目が、青年のような輝きを放っている。

武家を捨てて筆ひとつで暮らしていこうなどというやくざな暮らしを選んだ伊左衛門のことだ。それ者《しゃ》あがりのおくにの過去を気にするような男ではあるまい。

おくにとて、いっそ昔を知っている伊左衛門の方が気が楽というものだ。

――こんなところから、めでてえ話が生まれたら、もうおくにも馴染みを訪ねるどころではなくなるだろうよ。

栄三郎はそんなことを思いつつ、又平相手に同じ料理屋の一間で一杯やっていた。

そこからは離れ座敷の様子が庭を隔《へだ》ててちらほら見える。

もちろん二人の会話が聞こえるわけもないが、覗き見える二人の様子から、どんな話をしているかはよくわかる。

ちょっとばかり悪趣味だが、おくにの傍からつかず離れずが今度の仕事でもある。

少々飲み代が高くとも、これも止《や》むない入費《にゅうひ》なのだ。

離れの伊左衛門とおくにはすっかりと若返っていた。

「先生は今、このお近くの仕舞屋にお独《ひと》りで……」

おくにが問う。

「ああ。やもめには広過ぎるところに住んでいるよ……」

伊左衛門はそう応えると、汁椀《しるわん》の蓋《ふた》に酒を注いでこれをぐっと飲み干した。

「本当はもっとごたごたしたところで書いている方が、おかしみのある物を書けるんだろうが……」

「ごたごたしたところ……？」

「たとえば芝居小屋の楽屋とか……、寺の門前に賑《にぎ》わう茶屋の奥に、一間を借りて暮らすとか……」

「ふッ、ふッ、そんなところにいて好い本が書けますかねえ……」

伊左衛門が酒を呷《あお》った意味がわかって、おくにはからからと笑った。

「さて、それはわからねえが……、はッ、はッ……」

おくにの笑いが満更《まんざら》でもないようで、伊左衛門は顔を朱に染めて笑い返した。

その姿は栄三郎と又平の座敷から、大変頰笑ましく映って、二人の口許《くちもと》が思わず綻んだ。

その時であった。

廊下を物々しい様子で、同心が小者を五人ばかり引き連れて通り過ぎた。

「旦那、ありゃあ前原の旦那ですぜ……」

又平が唸《うな》った。

「あの野郎、何しに来やがったんだ……」

不意に現れた弥十郎に、また間の悪い時に出てきやがったと顔をしかめた栄三郎であったが、弥十郎はずかずかと離れ座敷へと向かっている。

「まさか……」

栄三郎の頭に閃《ひらめ》くものがあった。

ふと見ると、既《すで》に弥十郎は伊左衛門とおくにがいる座敷へと踏み込んでいた。

「ちょ、ちょっとお役人様、これはいったい何の騒ぎでございます」

おくには気丈にも詰るように言った。

「好いところだったならすまなかったな。ちょいとこの色男に用があってな」

「何ですって……」

弥十郎はおくにに構わず伊左衛門を睨んで、

「南町の者だ。松並伊左衛門、おれが何故《なにゆえ》ここへ来たかわかるな」

静かに言った。

「わかりましてございます……」

伊左衛門は神妙に頭を下げるとおくにを見て、

「すまなかったね。貸本屋があたったものだから、つい欲が出て、出しちゃあならねえ本を売っちまったのさ……」

「松並先生……」

弥十郎は少し苛々《いらいら》として、

「話があるなら一緒に番屋へ来てもらおうか」

と凄味《すごみ》を利かせた。

「そのお人は何もしちゃあいねえよ……」

そこへ栄三郎がやって来て、弥十郎に突っかかるように言った。弥十郎は俄《にわか》なことに驚いて、

「何だ、栄三先生かい。よく会うな……。まあいいや、お前がそう言うならこの場は任せて、後でゆっくり理由を聞かせてもらおう。さあ、松並先生、行くとするか……」

そう言い放つと、栄三郎を気遣ったか、伊左衛門に縄は打たず小者に連行させた。

「いつかお前のことを本に書こうよ……」

伊左衛門は別れ際、おくににことさら明るい笑顔を向けて番屋へと向かった。

——前原弥十郎の奴、松並伊左衛門のことを探っていやがったんだ。

それであの日、伊左衛門と別れた後、弥十郎に出会ったのである。

「まあ、お前らしいな……」

と言い置いて何も訊かずに別れたのも、秋月栄三郎なら本がおもしろかったと作者を訪ねるくらいのことをしてもおかしくない、つまり、伊左衛門とはさしたる関わりがないものだと判断したからであろう。

――そのことに気が付いていれば。

今日の会わせ方もあったであろう、せっかくの甘い再会の一時であったものを――。

やり切れぬ想いの栄三郎の傍らで、おくにはただ呆然《ぼうぜん》として去りゆく伊左衛門の後ろ姿を見つめていた。

七

正月はあっという間に過ぎていく。

二月に入ったある日。

栄三郎は、また説教されるという名目で、本材木町四丁目の料理屋〝十二屋〟にて岸裏伝兵衛と会った。

その趣旨はもちろん、かっての吉原遊女・里雪の馴染み巡りについてのことである。

「左様か……。一人は自害し果てていて、今一人は会《お》うたまではよかったが、禁制の本を扱っていて役人に連れていかれたか……」

「はい。前原弥十郎……、どこまでも間の悪い男でございます」

「まあ、相手は女一人で離れ座敷にいるとなれば、何より踏み込みやすかったのであろう」

「それはそうかもしれませぬが、たかが本を売ったくらいのことで大仰《おおぎよう》でござりまする」

「禁制の本とは、春本《しゆんぽん》を売ったのか」

「そのようでございます」

「ならば大した罪にもなるまい。南町の御奉行の根岸《ねぎし》様は堅物ではないゆえにな」

「はい……。そうなのでございますが、所払いは免《まぬが》れぬかと……」

「ほう……」

「本の中には、抜け荷の品が混じっていたと」

「南蛮《なんばん》渡りの春本か……。はッ、はッ、いかにも物好きが買い求めそうな……」

「暮らし向きを落ち着かせるために始めたことが、かえって首を絞《し》めることになるとは皮肉なものです」

「芸事で生きていく者が食わんがために陥《おちい》りやすいことだ。我らも気をつけねばのう」

「はい……」

「それで、おくには嘆き悲しんでおったか」

「はい、それはもう……」

栄三郎の脳裡《のうり》に、離れ座敷で松並伊左衛門を無念の表情で見送るおくにの姿が蘇《よみがえ》った。

「女郎あがりは廓を出たとて、苦界からは出られぬものなのでしょうか……」

俯《うつむ》きながら、心の幸せさえ味わうことができぬのかと、おくには嘆き声をあげた。

「心の幸せか……。これでもう、昔の馴染みを訪ねようなどとは思うまいな……」

伝兵衛は最後の客になった遊女が心の幸せを摑めぬことが、何やら自分のせいのように思えて切なくなった。

そんな師を栄三郎は実に嬉しそうに見て、

「そのように嘆き悲しみはしましたが、すぐに思い直して、松並先生は災いを福となすお方です、今度のことを元にして、またおもしろい本をお書きになられることでしょう……。などと」

「ふむ。なるほど松並伊左衛門という男、所払いくらいではへこたれまいの」

「それで……。わたしもへこたれてはなりません。ほんの一時、恭太郎さんの母御様のお世話をして喜んでもらえました。松並先生にお礼を言うこともできました。どうかあと二人、馴染みのお客を捜してやって下さいまし……と」

「ふッ、ふッ、左様か。おくにはどこまでも心の幸せを求めるか」

「女は強うございますな」

「うむ、そして厚かましい」

「その上にどこか恐ろしい」

「だが、健気《けなげ》で愛くるしゅうて、ありがたいものじゃな」

「はい……」

「それならばあと二人……、何とか見つけてやってくれ。だが栄三郎、重ねて申すが今度のことは……」

「わかっております。松田新兵衛には口が裂けても申しませぬ」

「お前が弟子にいてよかった。はッ、はッ、はッ……」

「ふッ、ふッ、ふッ……」

細く開かれた小窓の隙間《すきま》から、梅花《ばいか》の香が匂ってきた。

第二話　のぞみ

一

「おや、何やら上機嫌だねえ……」

〝手習い道場〟を出て三十間堀端《さんじつけんぼり》を南へ歩き出したところで、秋月栄三郎は女の声に呼び止められた。

ふと見ると、赤い花を咲かせた梅の木の下に居酒屋〝そめじ〟の女将《おかみ》・お染《そめ》が立っていて、ちょっと睨《にら》むような目を栄三郎に向けていた。

――お染の奴、どんな噂《うわさ》を仕入れやがったんだろう。

通りがかりに出会って、お染がこういう目を向けてくる時は、だいたいが栄三郎の噂を聞きつけて、

――どうしてわっちがそのことを知っちゃあいないんだい。

と勝手に不機嫌になっていることが多い。

今はまだ身を刺すような冷たい風が吹く早朝で、これから本所の旗本・永井勘解由邸へ出稽古《でげいこ》に向かう栄三郎が、身心の緊張を和《やわ》らげるべく鼻歌交じりに歩いていたのがその噂と相俟《あいま》って、〝上機嫌〟と捉《とら》えられたのかもしれなかった。

「何だいお染、やけに早いじゃあねえか」

「ふん、わっちだって早起きもするし、店の仕込みに出かけもするさ」

「そうだったな。で、どうしておれは上機嫌なんだい」

「自分の機嫌を人に訊《き》く馬鹿があるかい」

いつもはこのあたりの会話で笑い出すお染であるが、今朝はにこりともしない。

「噂に聞けば、うちの店は素通りして、それ者《しゃ》あがりの年増女《としま》の所へ、足繁く通っているそうじゃあないか」

——そうか、又平にからかわれやがったな。まったく面倒な奴だ。

それ者あがりの年増女とは、亀戸天神門前で茶屋を営《いとな》むおくにのことに違いない。剣の師・岸裏伝兵衛に頼まれて、おくにがかつて遊女・里雪であった頃に馴染《なじ》んでくれた客を捜し出し、うまく引き合わせる——その〝取次〟は続けられていた。

それは元来、あらゆる人に触れ、世のおかしみ、哀しみを知ることが好きで〝取次屋〟を始めた栄三郎にとっては、久しぶりに興味深い仕事となった。

様々な男達の人生模様を、里雪という一人の遊女の側から垣間《かいま》見るのはなかなかに味わい深いものである。

手習いを済ませてあれこれおくにに聞き取りに、京橋水谷町から本所のさらに東に位置する亀戸まで出かけていると、お染の店へ行く間などなかった。

「栄三の旦那《だんな》はどうしているのかねえ」

常連客はそんな話をし始めるが、生憎《あいにく》お染も知らない。これではこの辺りの名物男・秋月栄三郎御用達《ごようたし》〝そめじ〟の女将としての立つ瀬がない。

それをどこかで又平と出くわした折に、訊きもしないうちから、

「うちの旦那はあれこれ忙しくて、お前の店には行ってられねえようだ。ご愁傷様《しゅうしょうさま》だなあ……」

などとからかわれて、それ者あがりの年増女の許《もと》に通っていると言われたのであろう。

別段それを悋気《りんき》するようなお染ではない。

ただ、栄三郎に突っかかるには手頃な噂話なのだ。そんなことは栄三郎もわかっている。

「ああ、そのことか……」

軽く受け流すと、

「お前は芸者の頃贔屓《ひいき》にしてくれた男達に、うめえこと義理を果たしているかい」

神妙な顔付きで言った。

「そりゃあ……」

元は染次《そめじ》という名の深川辰巳《たつみ》の売れっ子芸者。今もその頃と変わらぬ男勝《まさ》りのお染でも、贔屓の客の話となれば相手もあることである。

「そんな話をべらべらとできるわけがないだろう」

「うむ、だろうな……。今かかっている取次は、ちょいと理由《わけ》ありの女の昔にかかわることでな。まずこっそりとかかっているんだ」

「なるほど……」

「お前の店で一杯ひっかけるうちに、余計なことを口にしてもいけねえだろう」

「そりゃあ、そうだねえ……」

「今はお前のように、しっかりと小商《こあきな》いをしながら静かに暮らしている女のことでな。あれこれおれも気を遣《つか》うのさ」

「よくわかったよ……。そんならしっかり気を遣っておあげな」

「ああ、そうする。何といってもお前は、おれの言葉の意味合いがすぐにわかるからありがてえ」

「わかってりゃあいいんだよ……。何だか朝っぱらから、からかった物の言いようをしてすまなかったねえ」

「いや、そのうち片が付いたら一杯飲ませてくんな」

「ああ、待っていますよ。又公《またこう》は連れてこなくていいからね……」

お染はすっかりと栄三郎の言葉に捻《ね》じ伏せられるように殊勝な面持《おもも》ちになったが、又平への怒りだけは忘れなかった。

——そもそも又平とお染が、いつまでたってもいがみ合っているから面倒なんだ。

お染とも長い付き合いとなってきた。この染次姐《ねえ》さんから得る情報も、栄三郎にとって取次における貴重なものであるだけに、邪険にはできないのである。

やれやれと思いながら、栄三郎はお染と別れて船宿〝亀《かめ》や〟で船を仕立てて本所へ向かった。

取次の仕事が入っている時は、永井勘解由邸への出稽古が辛《つら》いのだが、何があっても永井様への出稽古は続けると剣友の松田新兵衛に誓った手前がある。

事情を話して、用人の深尾又五郎《ふかおまたごろう》に日程を変えてもらいたいとも思うのだが、それが知れるとやる気がないのかと新兵衛に叱《しか》られることは火を見るより明らかなので、言われた通りに行くことにしていた。

永井邸の奥向きに仕《つか》える女達へ武芸指南をする——町の物好き相手に気が向いた時に剣術を教える秋月栄三郎が、唯一剣をもって定まった金銭を得ている仕事である。

大坂の野鍛冶《のかじ》の倅《せがれ》が剣客《けんかく》を目指して江戸に来たものの、武家の世界に馴染めず剣術の世界に背を向けてから久しい。それがこの出稽古があるお蔭《かげ》で栄三郎は、方便ではなく剣術師範を名乗ることが許される。そして再び栄三郎なりに剣界に戻ってこられる道が残るというものだ。

親友・松田新兵衛ならではの想いがそこに込められている。

さらに堅物《かたぶつ》で石頭の新兵衛をして、

「おぬしと萩江殿の間には、このおれとてはかり知れぬ絆《きずな》があるように見受けられる」

と言わしめた、栄三郎にとって特別な存在である萩江という婦人が永井家の奥向きにいる。

実際、栄三郎が新兵衛に言われた以上にこの出稽古をやめられない理由が、萩江の存在であった。

ごく一部の者だけが知っている栄三郎と萩江の関係は、弟・房之助のために苦界《くがい》に身を沈め行方《ゆくえ》をくらました萩江が栄三郎の取次によって見つけ出され、房之助が婿《むこ》養子となった永井家に引き取られたということである。

彼女は、浪人の子として生まれた房之助を何とか世に出そうとした頃は久栄《ひさえ》という名で、遊女に身を落とした後はおはつとなり、永井家に入った後は萩江となった。

この変遷《へんせん》を知っている数少ない一人で、遊女屋から救い出してくれた栄三郎に、萩江は安心と信頼を置いていると、萩江の過去を知る者は皆一様に思っている。

取次屋としての秘密を厳守する栄三郎は、親友の松田新兵衛にもこのことは語っていない。にもかかわらず、新兵衛が件《くだん》の言葉を栄三郎に告げるほどに、萩江からその想いが漂《ただよ》っているのは無理もない。

栄三郎はおはつの頃の萩江と、偶然にもそれ以前に一人の客と遊女としてただ一夜を馴染み、互いに激しく惹《ひ》かれ合った思い出を共有していたからだ。

おはつが旗本三千石《ごく》・永井家の婿養子の実姉として屋敷に入った時点で、不思議な縁で再会した二人の間もただ偶然が重なっただけのことと、大人の分別《ふんべつ》で現《うつつ》の夢に終わるはずであった。

しかし、目に見えぬ縁は二人をその後も近付けていき、今は月に二度の割合で武芸指南役とその教えを受ける奥女中の束《たば》ねとして顔を合わせ、言葉を交《か》わす間柄となった。

剣術の世界に背を向け、町場の者達と触れ合い、そこで学んできた剣を生かそうと思い定めた栄三郎であったが、皮肉にも彼の剣客としての一面が心を騒がす萩江との間を繋《つな》いでいて、苦手な旗本屋敷への出稽古をやめられなくしているのだ。

〝亀や〟から船に乗り大川《おお》へ出て、本所石原町の北方にある永井屋敷へと着いた栄三郎は、いつものように中庭から奥向きに続く庭の一隅に建てられた十坪ばかりの武芸場へ入った。

相変わらず、萩江は侍女のおかるを従えて、気合充分に稽古に臨《のぞ》んだ。

岸裏伝兵衛が道場をたたんで廻国修行に出かけてしまったことで、剣客としていかに生きるか悩んでいた栄三郎と、先行きに望みもなく弟・房之助の立身だけを願って暮らしていたおはつの頃の萩江――。

偶然に一夜を馴染んだ頃の不安定な境遇から、今は互いの身の置き処《どころ》も落ち着き、二人は顔を合わせる度《たび》にほっとして心を通わせるようになっていた。

日毎《ひごと》に小太刀《こだち》の遣い方がうまくなってきた萩江の稽古に目を遣《や》りながら、この日の栄三郎は胸を熱くしていた。このところしきりに会っているおくにの姿と萩江の姿が重なってしまうからである。

遊女として閉ざされた世界に住んでいたということでは、萩江もおくにと同じである。

そのおくには今、自分の年季明けに力を与えてくれたかつての馴染みに礼を言って、少しでも恩返しができたらと思い、暮らしている。

そうすることが〝心の幸せ〟となり、晴れて自分は一人の女になれるのだと信じて

——。

では、萩江はどうなのであろうか。今となっては遊女であった時のことはすべて忘れてしまわねばならぬ身分の萩江である。

とはいえ、今でも時折昔馴染んだ客のことを思い出したりするのであろうか。思い出すことがあるとしたら、それは自分以外の男に違いない。自分はたった一夜を過ごしただけであるのだから……。

そんな切ない想いにかられる栄三郎は、

——武芸指南の中《ちゅう》に、何ということを考えているのだ。

と自分を戒《いまし》めながらも、果たして萩江はあれから〝心の幸せ〟を摑《つか》んだのであろうかと、それればかりが気にかかる。

この日は堪《こら》えきれずに、稽古を終えた後稽古場で教えを請《こ》う萩江に、

「実に技の切れがようなられた。これは今の暮らしに屈託がない証《あかし》かもしれませぬな……」

などと日頃似合わぬことを口にしてしまった。

「技の切れがようなったかはしれませぬが、今わたくしに屈託はございませぬ。真《まこと》にもって穏《おだ》やかな毎日……。その上、月に二度は先生にお会いして、御指南をいただけるなどとは、ほんに、幸せに存じます……」

「幸せでござるか」

「はい、幸せにござりまする。武芸の上達に御屋敷内の安寧《あんねい》、御家の栄え……。あれこれ望みがござりますゆえ……」

瓜実顔《うりざねがお》の中で、整った目鼻立ちが美しく綻《ほころ》んでいた。

それを嬉《うれ》しそうに見つめながら、おくには幸せを得た後、何を望みに生きようとしているのであろうか――。

栄三郎はそんなことばかりを考えていた。

二

おくにが栄三郎に捜してもらいたいと頼んだ三人目の馴染み客は、平川《ひらかわ》長三郎《ちょうざぶろう》という町医者であった。

出会ったのは里雪二十四の折。

長三郎は同年で、学問所時代の友人達と宴席の後〝ますだ屋〟へ流れてきた。長三郎は里雪と馴染んだといってもその期間は半年にも充《み》たない上に、店を訪れたのもほんの数度で、贔屓の客であったと言えるほどではない。

だが、それを恩義に思うかつての客の一人と位置付け、栄三郎に捜してもらいたいと頼んだのは、この平川長三郎がおくにに年季を勤めあげるための強い体を作る手立を教えてくれたからであった。

長三郎が店に上がった時、おくには体を壊《こわ》していた。

その数日前の夜に悪寒《おかん》を覚えた。すっかりと冬の寒さが江戸の町を覆《おお》い始めていた時分で、風邪をひいてしまったのだ。

幸いにもその日は泊まりの客もなく、体を温めて一夜を眠り何とか体調を整えた。

元よりおくには体が丈夫な方で、これで風邪は治ったと、いつも通りの廓《くるわ》での時を過ごした。何といっても、体もうにも借金で縛《しば》られた遊女がゆっくりはしていられないのである。

〝ますだ屋〟の主人は忘八《ぼうはち》ではあるが、仁義礼智忠信孝悌をそっくり忘れているほどのろくでなしではない。

店の遊女のことは〝娘〟まではいかずとも、己《おの》が身内としてよく面倒を見てやる男であったから、申し出れば休ませてもくれたはずであった。

とはいえ、休めばそれだけ借財が増し、苦しくなるのは遊女の方である。おくには自ら風邪のことは口に出さず、そのまま店に出た。

しかし、いつもならやがて元気を取り戻すはずの体がそうはいかず、風邪をこじらしてしまったおくにはその夜発熱した。

若い客達の前に姿を見せたものの、頭は重く目も虚《うつ》ろな様子になってきたおくにはさすがに辛くなって、やむなく〝ますだ屋〟の主人に休ませてもらいたいと申し出ようかと思ったところ、

「おや、お前はどこか具合が悪そうだね。だが案ずることはない。わたしはこう見えても医者でね。今宵《こよい》一晩の内にどこが悪いか確かめて療治してあげよう。と言っても、まだヤブにもなれない筍《たけのこ》医者と、親父《おやじ》殿からは叱られてばかりいるが……」

おくにの様子を瞬時に見てとった長三郎が、このように軽口を叩《たた》いて周囲の者を笑わせながら、おくにを敵娼《あいかた》と定めてさっさと登楼してしまったのである。

おくには呆気《あっけ》にとられて、

「ぬしさま、どうぞお許し下さんせ。わちきはもうとてもお相手ができいせん……」

と正直に今の自分の様子を告げて、他の芸妓《げいぎ》を勧めたが、

「そんなことは見ればわかる。わたしは医者ゆえ病持ちの女が好みなのさ。どれ、まずこれを飲みなさい」

長三郎は廓で敵娼を療治するのも粋《いき》なもんだと言っておくにの言葉には耳を貸さず、熱さましの薬を飲ませてくれた。

それからは、

「今宵は寒くて体が冷える……」

と店の者に生卵を落とした熱いうどんを二杯持ってくるように頼んで、熱燗《あつかん》を一杯やりながらおくにと二人で食べた後、

「汗をかいて熱を下げるとよい」

と、おくにを布団《ふとん》にくるんで寝かせ、まめにおくにの全身から噴《ふ》き出した汗を拭《ふ》いてくれたのだ。

「うむ。総身から汗が噴き出す女の体というのは美しいものだ……」

看病しつつ遊女・里雪の体を愛《め》でる風情《ふぜい》を忘れず、

「これもわたしの遊び方なのさ」

そんな風にうそぶいて、この身を買っていただくお客にこんなことをしてもらっては申し訳ない、とうわ言のように呟《つぶや》き畏《おそ》れ入るおくにを励ましたものだ。

翌朝。

長三郎の療治によって、おくにの熱はすっかりと引いた。

「だが、きれいに治してしまうには、もう少し間がいるようだ……」

それでも長三郎はおくにの身を慮《おもんぱか》って、驚いたことに〝居続け〟をしてくれた。

「お前はよほど里雪のことを気に入ったのだな……」

共に店へやって来た友人達は呆《あき》れ顔で、長三郎を置いて帰っていった。

「そんならぬしさま、今宵はわちきが真心を込めて……」

すっかりと長三郎の優しさに感じ入ったおくには、しっかりと昨夜《ゆうべ》の恩を返そうと思ったのだが、長三郎は相変わらず涼しい顔で、

「気を遣わずともよいのだ。何度も言うが、これがわたしの遊び方さ」

どのような処置をすれば風邪をひいた者を早く療治できるかをお前で試させてもらったのだから、礼を言いたいのはこっちの方だと頰笑《ほほえ》むばかりであった。

「その患者がお前のように好い女となれば、これはまた言うことがない……」

おくにを安心させるためであったのだろうか、それから長三郎はおくにに投与した薬名と、それをどのような状況で使用したかを帳面に書き記した。

そしてその夜は、

「それにしても、お女郎というものは病にかかれば大変なようだね……」

長三郎は、危《あや》うく風邪をこじらせてしまうところであったおくにを例にとり、遊女の暮らしぶりについて訊《たず》ねたものだ。

「はい。この屋は旦那様がお優しいお方ゆえ、ありがたくはござんすが、他所《よそ》となればなかなか……」

遊女の病が軽ければ、楼主は少しでも早く療養させてまた客を取らそうとするものだ。

ましてや、吉原で〝お職《しょく》〟を張るほどの遊女となれば、療へ出養生《でようじょう》に出してもくれる。とはいえその間にかかる費用は遊女の借金として加算されるから、病を得ることでますます身の負担は増えることとなるのである。

さらに、格も低く重い病にかかってしまった遊女は悲惨で、大抵の場合は薄暗い行《あん》灯《どん》部屋などに入れられ、申し訳程度に廓内の医者の診察を受けるのだが、働かぬ女郎には満足な食事が与えられることはないゆえにますます病は悪くなる。

そうなると遊女としての働きもできなくなるわけであるから、役に立たぬ者を置いておいても損をするばかりだと、親許《おやもと》へ戻されたりする。

だが、そもそも家に置けぬから売られてきたのである。帰ったところで本復するはずもない。

自《おの》ずと遊女達には過酷な運命が待ち受ける。

首を吊《つ》ったり、井戸に身を投げたり――世をはかなんで自害する遊女も多いのだと、おくには聞いていた。

長三郎は元より遊女達の惨状は聞き及んでいたが、改めておくにの口から聞かされると、医者として真に好い廓遊びをしたものだと満足しつつ、

「う〜む、お上《かみ》に認められた吉原でさえこのありさまとなれば、他は推《お》して知るべしだな……」

世の中の無情に思いを馳《は》せて深い溜息《ためいき》をついたという。

どこまでも優しい心の持ち主であった長三郎はその夜もおくにの体を労《いたわ》り、

「お前が無事に年季を勤めあげるに何よりも大事なことは、いかに病にかからぬように過ごすかという心がけだな……」

そう言うと、あれこれ養生をするための心がけをおくにに説き、次の日の明け方に帰っていった。

危うく風邪をこじらせて寝込んでしまうところを、居続けまでして療治を施《ほどこ》してくれた平川長三郎――。

金を出してまで遊女の病を治そうとした彼の医者としての心がけと優しさに、おくには惚《ほ》れた。

その後、長三郎は時折忘れた頃にやって来て、

「その後はどうだい？」

と、遊びに来たのだか診察に来たのだかわからぬ様子で、おくにの体のことをあれこれ気遣い、病をいかに防ぐかをまたこんこんと説いては帰っていった。

おくにはたまにやって来る長三郎に自分の体のことを伝えたくて、とにかく体の養生に努めた。

どのような食べ物に滋養があるか日頃から心がけ、風邪をひきかけた時には〝地《じ》竜《りゅう》〟の煎《せん》じ茶を飲むなど、長三郎に誉《ほ》めてもらいたくて言われたことを実践した。

〝地竜〟がミミズであると知った時の驚きと、目を丸くするおくにを楽しそうに見た長三郎の慈愛に充ちた表情は、今も忘れられぬという。

「よし、これだけのことをしていれば丈夫な体を保ちつつ、見事に年季を勤めあげられるだろう。年季が明けた後は、神田松永《まつなが》町にあるわたしの医院を訪ねてくればよろしい。いつでも診《み》てあげよう」

やがて長三郎はおくにの心がけに太鼓判《たいこばん》を押すと、それからふっつりと店にやって

来なくなった。

――こんなことならあれこれと、体の具合が悪いと言えばよかった。

おくには、自分の体のことを案じ、それが快方に向かっているか確かめに通ってくれた長三郎に手を合わせつつ、もう会えないのであろうかと思うと寂《さび》しさがこみあげてきた。

好いた男を待つだけで自分から訪ねることのできぬ身を、おくにはこの時ほど恨《うら》んだことはなかったが、

――あのお方は廓遊びにうつつを抜かしていられるお方ではないのだ。

そう心に言い聞かせ、強い体を作り保てるように、長三郎の言いつけを守り、他の遊女達にもそれを教えてやり、それからは風邪ひとつひくこともなく今までやってこられたのである。

しかし、約束通り年季が明けた時に神田松永町を訪ねてみたものの、そこに目当ての医院はなかった。

人に問うと、確かに平川という町医者が藤堂《とうどう》家の大名屋敷の向かいに医院を構えていたことがあったが、もう何年も前に老先生が亡くなり、息子の代になってどこかへ越していったという。

「正直に申しますと、寂しい想いとは裏腹にほっといたしました。よくよく考えてみれば、今ではきっちりとお妻様をおもらいになられて、立派に医院をなされておいでのはず。そこへわたしなんぞが患者にまぎれてお訪ねしたとて、ただお邪魔になるだけのことでございますゆえに……」

おくには秋月栄三郎に述懐した後、今思えば自分はあの時風邪をこじらせて大病を患《わずら》っていたかもしれず、そうなると人生が狂っていたに違いない。何とかして平川長三郎を捜し出し、お蔭で無事年季を勤めあげて息災にしていることがうまく伝わるように取り次いでもらいたいと願った。

「承知しましたよ。それにしてもおくにさんは、その時その時に好いお人に出会ったものだねえ……」

栄三郎にはこの度の話も興味深いものであった。そして、一人の女が苦界に沈み、そこから這《は》い出すためには、大変な苦労を強《し》いられ、なおかつ自分の力だけではどうしようもないという実情を改めて思い知らされ、つくづくと言った。

「好い人に巡《めぐ》り合えるのは、おくにさんの心がけが好いからなんだろうよ……」

恩を忘れぬ者に、天は恵みを与える——。

心がけねばならぬことだと自分にも言い聞かせると、栄三郎は早速平川長三郎の行方を求めたのであった。

　そうしてこの日。永井勘解由邸で、おくにと同じ辛酸をなめた萩江の充実ぶりを確かめ、少しばかり心浮かれて水谷町に戻ると、下調べをした又平から意外な事実を報《しら》されることになる。

「旦那、ちょっとばかりおかしな雲行きになってきましたぜ」

「どういうことだ。平川長三郎の身に何かあったのかい」

「それが大ありで……」

「まさか、この世にいねえとか……」

「死んじゃあおりやせん」

「そいつは何よりだ。いってえどうしたってえんだ」

「この世にはおりやすが、浮世にはおりやせん。平川長三郎は出家して坊主になったとか」

「坊主に……。それじゃあ何かい。人の命を助けるのをやめて、葬《とむら》う方に回ったってことかい……」

「そのようで……」

三

神田松永町界隈《かいわい》に出向いた又平が、

「あっしは昔旅先で、平川先生に随分《ずいぶん》とお世話になったことがありましてねえ……」

などと、いつもながらの作り話で方々にあたってみたところ、

「若先生は好い人で、大先生よりも医術の方も確かだったのですがねえ。ある日いきなりいなくなってしまって……。今頃はどうなされているのか知れませんが、この辺りの者は皆、残念なことだと言っているのですよ」

一様にこんな応《こた》えが返ってきたという。

こういう時は髪結床に行くに限る——。

そこで又平が、かつて医院があったという所から一番近い髪結床へ行ってみると、四方山《よもやま》話《ばなし》の中で、

「平川の若先生がお坊さんになっちまったって言う人がおりやしてね……」

という興味深い噂が出てきた。

さらに詳しく話を聞くと、近くに住む太郎助《たろすけ》という植木職の男が仕事で染井《そめい》村に出

かけた折、途中雨にたたられ、巣鴨《すがも》村の外れに寺を見つけ駆け込んだところ、

「そこに坊さんになった若先生がいたんだ……」

と髪結床で話していたのだそうな。

しかしよくよく聞けば、平川長三郎そっくりの僧は、太郎助が、

「平川の若先生じゃあござんせんか」

と話しかけても、

「ゆるりと雨宿りなされませ」

と応えただけで僧坊へと姿を消したという。

それゆえに、居合わせた者達の中では、

「そいつは他人の空似ってやつだろう……」

と、済まされてしまった。

「いや、顔だけじゃあなくて声も同じだったんだぜ」

太郎助は不満そうにしていたが、顔が似ているということは骨格が似ているわけであるから、自ずと声も似るものだと、

「他ならぬ、若先生が仰《おつしや》っていたよ」

結局、そういう話に落ち着いたというのだ。

この辺りに住む者は皆、いつも颯爽《さっそう》として診察に向かう優《すぐ》れた若先生の印象しか長三郎には持っていないから当然のことであったのだが、又平の取次屋としての勘は、

「きっとその坊さんは、平川長三郎先生に違《ちげ》えねえ……」

彼の胸の内でそう唸《うな》っていた。

又平はすぐに巣鴨村に走った。

その寺は妙空《みょうくう》寺という禅寺で、巣鴨村をさらに北へと行った処にある木立の中にひっそりと建っていた。

境内《けいだい》を清めていた初老の寺男に話を聞くと、ここには和尚《おしょう》の他に小坊主が二人に、歳《とし》の順に五十、三十三、二十二歳の僧がいて、日々勤行《ごんぎょう》しているという。

となれば、この三十三の僧こそが平川長三郎ということになる。

小さな寺で、同じ年恰好《かっこう》の者がいないのは、又平にとっては手間がはぶけて幸いであった。

三十三歳の僧の名は宗宇《そうう》というらしい。又平は彼の姿が境内に現れるのを待った。

寺男の話では毎朝六つ（午前六時頃）となると、持仏堂を清めるのが宗宇の係であるそうだが、又平が寺に着いたのは既《すで》に夕刻になろうという頃であったから、宗宇の姿を見るのに時を費《つい》やした。

それでも寺男は話好きで、

「こんな所にお寺があるとは知りませんでしたよ。どれ、わたしも和尚様にお願いして参禅をいたしてみましょうかな……」

などと信心家を装《よそお》う又平に、

「ここの和尚様はなかなか厳しいお人ですよ。お前様がいくら信心深いお人でも、参禅などは望まぬがよろしかろう……」

と言って、小屋であれこれ世情のことなどを又平に話しかけてきたので、時を潰《つぶ》すことができた。

そのうちに、近くの百姓の家にでも遣いに出るのであろうか、風呂敷《ふろしき》包みを手にした僧が僧坊より出て、寺の外へと歩み出すのが見えた。

「おや、宗宇さん、お届け物ならわたしがひとっ走りいたしましょうか……」

寺男は寺の中にいてじっとしているのが嫌なのか、小屋を出て宗宇に話しかけたが、宗宇は穏やかに首を横に振って木立の中へとその身を移した。この様子を見た又平は、

「そんならわたしはこれで……」

まだ喋《しゃべ》り足らなそうな寺男と別れ、宗宇と知れた僧の跡を追った。

「宗宇様……でございますね……」

又平はすぐに追いついて、宗宇と並んで歩きながら話しかけた。

「わたしに何か……」

穏やかではあるが、その声にはえも言われぬ冷たくて乾《かわ》いた響きが含まれていて、陽気な又平の言葉を一瞬凍らせた。

「いや、今お寺のおやじ殿にお話を伺《うかが》っていたのですが、わたしのような者が参禅するのはやはり難しゅうございますか……」

それでも又平は気を取り直して、何とか宗宇との会話を弾《はず》ませようと、真面目《まじめ》に参禅のことについて訊ねた。これも取次屋としての勘で、宗宇には仏法修行についての話をするしか応えは返ってこないと思ったのであった。

「ほう、参禅に心が惹かれますか……」

案の定、宗宇は勤行の日々を送る者として、信心に目覚めた者へ親身になって言葉を返した。

「はい。あれこれとろくでもないことばかりして参りましたので、心が休まるかと……」

「そのような想いがおありなら、御師匠様にお取り次ぎもいたしましょうが、生易《なまやさ》しいものでもござらぬゆえ、今日のところはまた出直されるがよろしかろう……」

「ありがとうございます。まず参禅がいかなるものか学んでから出直して参りましょう」

「それは好いお心がけでございます」

「それではごめん下さいまし……」

「さらばでござりまする……」

又平は神妙に言葉を交わして宗宇に手を合わせるといったん別れたが、宗宇の背後から、

「時に平川先生……」

と、何げない声をかけた。

その刹那《せつな》、宗宇もまた何げない様子で振り返った。しかし、その表情には、思いもかけず呼ばれた名に振り返ってしまったことで動揺の色が出た。

「ああ、これは申し訳ございません。あなた様が平川長三郎というお医者様によく似ておられるものでございますから、ついその名でお呼び申し上げました……」

又平は空惚《そらとぼ》けてみせて、

「雨が降るかもしれませせぬゆえに、お気をつけなされませ……」

そう言い置くと、また宗宇に手を合わせて立ち去った。

宗宇が平川長三郎であることを又平は確信した。近頃では栄三郎の右腕として、これくらいの駆け引きはお手のものの又平であった。

いずれにせよ、宗宇は又平とは初対面である。

いったいあの男は何者であるのかと、じっと又平の姿を見送っていた。


その二日後の明け六つの鐘《かね》が鳴る頃。

秋月栄三郎は羽織袴《はかま》に身を包み、名のある剣客の風情を漂わせつつ妙空寺の境内に現れた。

毎朝持仏堂を清めに出てくるという宗宇に会いに来たのである。

さすがに巣鴨村は遠く、昨夜から板橋《いたばし》宿の旅籠《はたご》に投宿してのことである。

この日、手習いは休みであったが、長引くことも考えられたので、八丁堀の隠居・都筑助左衛門《つづきすけざえもん》に代教授を頼んでいた。

まだ薄暗く朝靄《あさもや》がたちこめる寺の境内にぽつりと建つ小さな持仏堂の前に佇《たたず》むと、身を切る寒さに心も引き締《し》まり、何やら厳《おごそ》かな気持ちになった。

おくにから話に聞いた平川長三郎は心根の美しい男であった。そういう男であるがゆえに何かに身を苛《さいな》まれて頭を丸め、ここへ来たのであろうか……。

そんなことを考えているうちに宗宇が出てきた。又平から聞いていた人相風体《ふうてい》に間違いはなかった。

「卒爾《そつじ》ながら、宗宇殿でござるかな……」

栄三郎は武家の威を湛《たた》えつつ声をかけた。

取次屋としていつでも大身《たいしん》の侍にも化けられる栄三郎であるが、このところ永井家に武芸指南役として出入りしていることで身についた威風というものが、こういう時に知らず知らず出ているようだ。

宗宇は何事かと怪訝《けげん》な目を向けたが、すぐに、

「左様《さよう》でございまするが、わたくしに何か御用がおありでございましょうか」

と畏《かしこ》まった。

「朝のお勤めの最中に申し訳ござらぬ。某《それがし》は京橋水谷町にて手習い師匠と剣術指南を務める秋月栄三郎と申す者だが、ちと宗宇殿に訊きたいことがござってな……」

「それでわざわざ斯様《かよう》な時分にこの寺まで……」

「今御坊をつかまえて話すのが何よりと思いましてな」

「はい……」

「嫌なことを思い出させたとすれば御容赦《ようしゃ》願いたいのだが、御坊は以前、平川長三郎という名の医師ではござらなんだか……」

栄三郎は単刀直入に訊いてみた。おくにから聞かされた長三郎の人となりならば、真心を込めて話せば何とか心を繋ぐことができると思ったのだ。

しかし、その言葉を聞いた途端、宗宇の表情は重い鉄の扉で塞《ふさ》がれたように硬直して、彼をしばし沈黙させた。

「なるほど、先だってわたしに話しかけてきた御仁《ごじん》は、秋月先生のお身内でございましたか……」

やがて宗宇は又平のことを思い出して、溜息交じりにそう言うと、

「わたくしはもう、平川長三郎ではございませぬし、ここへ来るまでのことは何もかも忘れてしまいました。どうかお許しのほどを……」

栄三郎に一礼をした後、黙々と持仏堂を清め始めた。

その様子はまったくとりつく島もなく、一切《いっさい》の過去は捨て去ったという彼の強い意志を表していた。

「やはり嫌なことを思い出させてしまったようだ……。申し訳なかった……」

栄三郎は頭を下げると、あっさりその場から引き上げた。

優秀で遊び心もあって心優しかった若い医師がこのような暮らしを送っているのには、余ほど思い出したくない深い事情があるはずだ。

苦界に身を沈めた昔があったとはいえ、今は年季を終え不自由なく暮らすおくにが、過去に世話になった男達に礼を言いたいというのは、言い換えれば彼女の贅沢《ぜいたく》で、自分勝手な郷愁ともいえる。

宗宇という僧がこれに付き合う謂《いわ》れはない。

そのように栄三郎は思ったのである。

――とにかく宗宇はここから逃げまい。まずは黙って引き下がるしかない。

栄三郎は寒々とした木立の中を一人歩いた。

思いもよらずあっさりと引き下がった栄三郎の態度に温かみを覚えたか、去り際にぴくりと体を震わせ一瞬栄三郎の方に目を遣った宗宇の姿が目に焼き付いて、栄三郎の脳裏《のうり》から離れなかった。

四

この上は何も話しかけず、ただそっとしておくことが平川長三郎への恩返しかもしれない——。

栄三郎はおくににはそのように伝えて、そのうちに妙空寺を訪ね、宗宇となった思い出の人にそっと手を合わせるだけで好いだろうと諭《さと》そうかと思った。

——しかしできることならば、おくにの願いにかこつけて、あの坊さんから漂うやり切れぬ屈託を取り除いてやりたい。

栄三郎の心の内に、取次が高じたいつものお節介な想いがもたげてきた。

あの日巣鴨から戻ると、次の日の手習い師匠のための演習を行っていた都筑助左衛門が、

「何だ、栄三先生は帰ってきたのかい……」

と残念がっていたことだし、ここは隠居に数日手習いを預けて、平川長三郎が何故出家してしまったかを探ってみようと栄三郎は思い立ったのである。

すぐに栄三郎は動いた。

その足は中《なか》の橋の方へと向いていた。手習い道場にほど近いこの橋の北詰には、栄三郎とは旧知の仲である医師・土屋弘庵《つちやこうあん》が医院を開いているのだ。

それからさらに幾日がたった明け六つ刻《どき》のこと——。

再び巣鴨村に出向いた秋月栄三郎は妙空寺を訪ね、持仏堂の前で宗宇が現れるのを待った。

やがて鐘の音《ね》と共に僧坊から人気《ひとけ》のない境内の片隅へと姿を現した宗宇は、秋月栄三郎という自分の過去を知る不思議な武士が再び来ることを予想していたのだろうか、

「また、参ってござる……」

と、声をかけられても動じる様子はなく、黙々と持仏堂の周りを掃《は》き清め、堂内に拭き掃除を施した。

栄三郎も宗宇のその姿を予想していた。

臆することもなく、悪びれる様子もなく、持仏堂に向かって合掌しながら淡々と語りかけた。

「あなたが何も語らぬのならばそれでもよろしい。某はここでただ独り言《ひとご》ちておりましょう……。某がこれより喋ることのいくつかが、あなたの耳に心地《ここち》好く響けばこの上もないことでござる」

宗宇は先日の別れ際に見せた一瞬の動揺を浮かべ、ふっと手を止めた。

秋月栄三郎と名乗ったこの男は悪人ではない。宗宇にはそれがわかる。だが、会っ

たこともないこの男が自分の何を知っていて、何のためにこのような所まで再び来たのか——。

平川長三郎の頃の自分ならば、夜通し一杯やりながら語り合いたくなるような男だけに、浮世を捨てた身にも気にかかるのだ。

さらに、彼の独り言《ごと》が、

「あなたの耳に心地好く響けばこの上もないことでござる……」

とは、何と爽《さわ》やかな物言いであろうか。

宗宇は、出家修行中の身が御仏《みほとけ》の言葉以外に惑《まど》わされてなるものかと、ぐっと心を引き締めたのであるが、いつしか秋月栄三郎の独り言にしっかりと耳を傾けていた。

そういう気を逃さずに、栄三郎はまず大きな一撃を宗宇に与えんと、

「去年《こぞ》の秋のことでござる。古市沢全《ふるいちたくぜん》先生がお亡くなりになられたそうな……」

と、言葉に力を込めて言った。

「何と……」

宗宇ははたと手から雑巾《ぞうきん》を落として、思わず唸り声をあげていた。

「独り言でござるよ……」

栄三郎は、お騒ぎあるなと目で物を言って、持仏堂に手を合わせたまま語り続け

た。

「亡くなられる前に、平川長三郎なる医術の弟子を何としても捜し出し、もう一度彼《か》の者に医者をさせるべきであった……。そうお嘆《なげ》きになられたとか……」

途端、宗宇の表情は平川長三郎のそれに戻り、大きな息をつきながら両の手を合わせてその場で黙禱《もくとう》をした。

古市沢全は平川長三郎の父・長庵《ちょうあん》の兄弟子で、長崎で修業を積んだ名医であった。

沢全を抱えたいという大名、旗本は多々あったが、沢全はあくまでも町医者として医術を庶民達のために施し、町医者の子弟達に進んで医術を教えた。

平川長庵は、息子の長三郎に対して、

「今日からお前の親は沢全先生だと思え……」

そう言い聞かせて門下へ送った。余ほど古市沢全という兄弟子を信頼していたのであろう。自分が息子を教えることなく、他人の許へ送ったのであるから。

長三郎はここでめきめきと頭角を顕《あらわ》した。

特に薬草の調合においては、沢全を唸らせるほどの腕を見せた。

沢全は日頃から、

「町は隅々まで歩いてみよ。どんな処にどんな人が住んでいるかを確かめよ。悪所通いは大いに楽しむがよい。この世の裏表を知ることが、医者にとっては何よりも大事なことなのであるから……」

そう公言していた。

ゆえに古市沢全門下の医師達は豪快で遊び好きで、情に厚い医者が多いという。

栄三郎はこの情報を旧知の仲である土屋弘庵から仕入れた。

平川長三郎の名には聞き覚えがなかった土屋であったが、すぐに医者仲間に問い合わせてくれて、古市沢全の弟子にその名があったと報せてくれたのである。

土屋自身、何度か沢全の教えを請うたことがあったから、長三郎についての噂はすぐに収集できたのである。

栄三郎の独り言はさらに続く。

「某は平川長三郎という医師とは会《お》うたこともないのだが、この先生がいかに素晴らしい医師であったかは人に聞かされて知っているのでござるよ。長三郎殿はある時から世の女郎の多くが病に倒れ、無事に年季を勤めあげられずにいることを知り、根津《ねづ》や深川、入船《いりふね》町にあさり河岸《がし》といった方々の岡場所を訪ね、ここで働く女郎達の体の具合を診てやった上に、いかに丈夫な体を作るか教えて回ったとか。実に立派な働きぶりであったそうな……」

しかし、そんな奉仕活動をするには金がかかった。

劣悪な状況で働く女郎達に構ってやったとて、遊女屋の主《あるじ》達は物好きな医者がただで女郎の体に触れたいのだろうと嘲笑《あざわら》うばかりで、中には女郎を休ませている暇《ひま》はない、そんなに診たけりゃあ銭《ぜに》を置いていけというようなひどい男もいたのだ。

おまけに遊里に出入りすればするほど、悲惨な境遇の遊女を目《ま》の当たりにしてますます放っておけなくなるから、町の者達への診察がなおざりになってくる。

そうなると、医者としての報酬《ほうしゆう》も得られなくなるという悪循環に陥《おちい》る。

栄三郎はさらに独り言ちた。

「平川長三郎殿は、そうして他人が嫌がるやくざ者どもの診療をするようになった……。遊里に出入りする間にその手の者達とも知り合いになる。やくざ者達も長三郎殿の医術の冴《さ》えを目にして、大したものだと思ったゆえに、金にあかして大っぴらにできぬ喧嘩《けんか》の傷の療治などを頼むようになった……」

「気がつけば、わたしはやくざと女郎を相手にする闇の医者になっていた……」

宗宇はついに平川長三郎に戻って重い口を開いた。ここに至っては、自分の事情を熟知している秋月栄三郎という武士に思いのたけをぶちまけて、亡き恩師へこの場で詫《わ》びようと思ったのである。

「沢全先生はわたしに何度も意見をされた……。困っている者を助けてやろうと思うのは立派な心がけだが、そのことに酔えば、酔った勢いでとんでもない過《あやま》ちを犯すと……」

だが、自分がやらねば誰がするというのだ。

「先生、必ずまたあたし達を診てやって下さいまし……」

明日をも知れぬ身で、涙ながらに訴える遊女達の姿を見ると、ついついそこから出られなくなるのである。

「長三郎殿がやくざ者達とつるむようになった気持ちはわかる。奴らとて人だ。怪我《けが》も病も怖い。医者としては放っておけぬし、金になれば哀れな女郎を一人でも多く診てやることができる」

「しかし、お前のその優しさがやくざ者達にうまく使われるやもしれぬ。我々医者は世の中を変えることまではできぬのだ。早く酔いから醒《さ》めて自分を見つめ直し、くれぐれも深入りすることなきように……。沢全先生はなおもわたしに申されたというに……。わたしはとんでもないことをしでかした……」

「それは長三郎殿のせいではない」

「いや、人を見る目を養《やしな》わなかったわたしに責めがござりまする……」

宗宇は腹の底から絞《しぼ》り出すように言った。

長三郎が犯した過ちとは、五助《ごすけ》という若い衆に薬の調合を手伝わせたことであった。

五助は入船町に一家を構える岩五郎《いわごろう》というやくざ者の身内で、岩五郎が縄張り内の揉《も》め事で刀傷を負《お》ったのを長三郎が内密に治療してやって以来関わりが出来た。

岩五郎自身遊女屋を持っていて、長三郎が一帯の遊女達を回診し薬を与えることを歓迎してくれたので、長三郎は岩五郎の家に一間を借りてここで薬の調合などをするようになったのだ。

「先生、お手伝いさせていただきましょう……」

すると、その姿を見た五助がそう申し出てきた。

五助はなかなかに人懐《ひとなつ》こい男で、薬草などをてきぱきと調合する長三郎の姿に興味を持ち始めたと思われた。

長三郎は何のきなしに五助の申し出を受け、手伝わせることにした。

だが、薬の調合の場には劇薬も置かれている。長三郎は特に強い毒性のあるとりかぶとから作った附子《ぶし》という生薬《しょうやく》を巧《たく》みに混ぜ、強壮剤や鎮痛薬を作るのに長《た》けていた。

附子はとりかぶとの塊根《かいこん》に加熱処理などをして弱毒化したものであるが、それ以前のものは〝ぶす〟という名の猛毒である。

長三郎はそのことを五助に教え、取り扱いに注意するよう伝えたのだが、これにより五助は〝ぶす〟の製法を覚えてしまった。

そして、それが何人もの命を奪うことになった。

以前の揉め事で親分の岩五郎に刺客《しかく》を送ったと目される破落戸《ならずもの》の頭分《かしらぶん》が、料理屋で倒れた。同席していた乾分《こぶん》もこの時共に倒れ、二人が死んだ。

いずれも料理にとりかぶとの毒が混入していたと町方の調べでわかった。

やがて、その日料理屋の周囲をうろついていたという五助が捕らえられ、毒を盛ったことを認めた。

さらにその後の調べで、この一帯の遊廓《ゆうかく》の女数人が不審な死をとげていたことがわかった。

女達は皆女郎で重い病にかかっていて、客を取れない状況であった。かといって引き取り手もなく、遊女屋としてはただ飯を食わせている日々に苛々《いらいら》としていた。

そんな中、次々と病持ちの女郎が死んでいったのは、病を苦にしての服毒自殺だと片付けられたが、彼女達にそれを配り、

「こいつを飲めば気がねなく楽になれるぜ……」

と自害を勧めたのは、まさしく五助であったと知れたのだ。

楼主達は己が関与を一様に否定したが、厄介《やっかい》払いができるならと、五助に小遣い銭のひとつも渡し、見舞いがてらに毒を配るよう、暗に示唆《しさ》したのに違いなかった。

五助は奉仕で回診する平川長三郎の助手を気取って病に臥《ふ》せる遊女達の許に出入りしていたから、そんなことができたのである。

町方から調べられはしたが、長三郎が罰せられることはなかった。

だが、長三郎は悲嘆にくれた。

「わたしはいったい何をしていたのか……」

廓の哀れな女達を救ってやろうとしてきたことがかえって女達を苦しめ、死に追いやった。それればかりかやくざ者を信じ、これに毒の製法まで教えてしまったとは

――。

今になって、師・古市沢全から諭された言葉のひとつひとつの意味がわかって、己《おのれ》の不甲斐《ふがい》なさを思い知らされ、悔悟の念が長三郎を嘖《さいな》んだ。

先年、父・長庵が亡くなってからは父親以上の存在であった沢全は、その噂を聞きつけ平川長三郎の不覚に怒った。

「あれほど申し伝えたことが守られぬとは、痛恨の極《きわ》みである。お前なぞ、顔も見とうないわ！」

父親以上の存在であるだけに、伝える言葉もきついものとなる。元より医者としての自分に絶望を覚えていて、一目《ひとめ》沢全の顔を見てから旅に出ようと考えていた長三郎はただ床に額《ひたい》をすりつけて詫びた後、江戸から姿を消した。

「まったくわたしは愚《おろ》かでござった。旅に出たとて一時気が紛《まぎ》れるだけであるというものを……」

そのうちに上州《じょうしゅう》の山の辺《べ》で群生するとりかぶとに行きあたり、その青紫色の花を見つめるうちに、望みなき身の情けなさを思い知り死にたくなった。そのとりかぶとの一茎《けい》を引き抜けばすぐに死ねる。

絶望する長三郎の顔には鬼気迫るものがあった。

「その時、この寺の御師匠様と出会《でお》うたのでござりまする……」

お前は死なねばならぬか、そう強く思うのであれば、まず生き死にの狭間《はざま》を歩いてみよ。生きるも死ぬも、それを見極めてからでも遅くはない――。

長三郎を一目見るや、そう諭して、寺へ連れ帰ったのが妙空寺の和尚であったと宗宇は声を震わせながら言った。

「それからこの寺で勤行をしておりまするが、いまだに生きるか死ぬかの分別もつかぬまま、五年の日々が過ぎました」

こんなことをしていては、恩師・古市沢全の死に目にも会えぬのはわかっていた。だが、顔を合わせられる気持ちにはなれぬまま日は流れていったという。

それなのに沢全は、何としてでも長三郎を捜し出し、もう一度医者をさせるべきであったと嘆いていたそうな。

「わたしは先生のそんな想いも知らずに……」

「やはり死ぬべきであったと気付いた……。そう思ってはござるまいな」

栄三郎は動揺が収まらぬ宗宇に真《ま》っ直《す》ぐな目を向けて言った。

「秋月様、あなたはいったい……」

宗宇は我に返ってまじまじと栄三郎を見た。

思えば沢全が亡くなったのは去年の秋だと言ったこの武士は、何故そのことを今になって自分に告げに来たのか――巧みに自分の過去への悔恨を吐き出させ、沢全への追慕の念に身をもだえさせることで、長く捨てていた平川長三郎の自分を蘇《よみがえ》らせた秋月栄三郎とは何者なのか、ますます不思議に思えてきたのである。

今の秋月栄三郎は、仏道修行に生き、頑《かたく》なまでに過去を捨てた男の心さえいとも易く開かせる術《すべ》を備えていたのである。

「はッ、はッ、はッ、これは許させられよ。生意気に古市先生のことなどお伝え申したが、某は古市先生とは何の縁《ゆかり》もない者でござってな……」

栄三郎は、一転して相手が引き込まれそうになるような明るい笑顔を向けた。

「御坊を訪ねたのは、かつて長三郎殿に命を救われた一人の女子《おなご》を引き合わせるため……」

「一人の女子……」

宗宇はますます目をきょとんとさせた。

「左様、その女性《にょしょう》はおくに殿と申してな。何として、御坊にその時の礼を申さねば後生《ごしょう》が悪いと申すのじゃよ」

「はて、医者であった頃に女性を見立てたことはあったが……。それを恩義に想い、わざわざ斯様な人里離れた所まで参られる人もおりますまい」

「さにあらず……。御坊は悔恨の思いが大き過ぎたゆえに望みを失《うしの》うたようだが、長三郎殿によって命長らえ、先行きに望みを得た人がいたこともまた確かでござろう。長三郎殿を捜し出し、もう一度医者をさせるべきであったと古市先生が仰《おお》せられたのは、そこをお知りになったからに違いない」

「さあ、それは……」

「何がさて、まずおくに殿に会《お》うてやって下されい。これ、おくに殿！」

「まさか、すでにこれへ……」

もはや宗宇は栄三郎に言われるがままとなっていた。

ますますしどろもどろになる宗宇の前に、持仏堂の裏手に潜《ひそ》んでいたおくにが現れた。

「おくに殿、宗宇殿が平川長三郎殿であることは知れ申した。相手が医者であろうが御坊様であろうが、礼を言うに遠慮はいるものか。さあ、今こそお礼を申されよ」

栄三郎は相変わらず厳かな武家言葉で、宗宇にあれこれ物を言わさずに、さっさとおくにを引き合わせた。

あらかじめおくにには、平川長三郎のその後の動向は話してあった。おくには自分を助けたことがきっかけとなり、長三郎に苦界の女達への奉仕を思いつかせたのではなかったかと表情を曇らせたが、

「今こそお前さんの感謝の念が、長三郎殿を救う時かもしれませんよ……」

沈むことなく、精一杯明るい気持ちを前に出して礼を言うようにと伝えていた。

持仏堂の陰で宗宇の話をそっと聞いて、涙がこみあげてきたおくにであったが、栄

三郎からの指示を健気《けなげ》に守り、

「くにと申します。その折は吉原の〝ますだ屋〟にて、里雪と名乗っておりました……」

と、両の眼を潤《うる》ませながら満面に笑みを浮かべたものだ。

栄三郎は少し離れた松の大樹の下で二人の様子を見守った。

おくには何度も何度も頭を下げている。

強張《こわば》っていた宗宇の顔が、次第に赤味を帯びて穏やかな表情へと変わっていくのがそこからもはっきりとわかった。

恐らくそれが、今から十年近く前に、長三郎が初めておくにに会った時の表情であったのだろう。

宗宇は長三郎時代に出会った里雪という遊女のことをしっかりと覚えていたようだ。

平川長三郎の不覚が何人もの人の命を奪ったかもしれぬ。だがこうして長い年季を無事終えた女が、かつての恩義を忘れずにいてくれている。

それが宗宇の望みになることを栄三郎は心に祈った。出家をしたとて僧の身で医術を揮《ふる》うこととてこの先できるではないか。

やがて宗宇とおくにの笑う声が、かすかながら聞こえてきた。

この寺に来てから楽しそうに笑うことなど、宗宇にはなかったのであろう。境内を通りかかった寺男が狐《きつね》につままれたように彼を見ていた。

朝靄はいつしか消え去り、春の日射《ひざ》しが持仏堂にさんさんと注《そそ》いでいた。

五

おくにが最後に礼を言いたい相手は、小石川の乾物問屋〝近江屋《おうみや》〟の主人・元右衛《もとえ》門《もん》であった。

妙空寺の宗宇はおくにに礼を言われたことで、修行中の身ながら少しは先行きに望みが持てるようになったとおくにに合掌した。

自分を助けてくれたかつての客が皆、どこかで道を違《たが》えてしまっていたことに哀しさを覚えつつ、独りよがりかと思われた贔屓の客捜しが、少しは役に立ったとほのぼのとした気分になったおくには、

「次はもうお手を煩《わずら》わすことはございませんよ」

晴れやかな表情で言った。

近江屋は誰もが知る大店《おおだな》で、元右衛門はやり手の商人で名が通っているという。

それはおくにの言う通りで、小石川へ足を運べば難なくその存在が知れた。

元右衛門は齢《よわい》六十五。

若い頃から豪快な遊びをする男であった。それがどういうわけか、おくにが二十八で年季を勤め終える二年くらい前から里雪を気に入って、

「わたしはねえ、還暦になるまでは大いに遊びますよ。同じ遊ぶならきれいにお金は使いたいものだ。どれ、里雪、お前の年季明けに合力《ごうりき》させてもらいましょう」

と、せっせと金を落としていってくれたという。

「もちろん、馴染みの芸妓はわたしだけではなくて方々に通っておいででございましたから、わたしを身請《みう》けするとまでは仰いませんでしたが、お蔭でわたしは無事年季を終えることができたのでございます」

元右衛門は年季明けがほぼ決まったおくにに、

「これでわたしの肩の荷がひとつ下りた。里雪、このおやじのことなどはすぐに忘れてしまうがよろしい。まずは廓の女の匂《にお》いがきれいに消えてしまうよう、娑婆《しゃば》に馴染んで町の女になることを心がけなさい」

そう言って祝儀をそっと手渡してくれたという。

歳が歳だけに心配であるが、近江屋の主人が死んだという噂はまず聞かないし、この十年の間に近江屋で葬儀が行われたことは一度もないとわかった。

この上はどんな風に元右衛門と対面できるように段取りをするか、この取次はそれだけでよかった。

「わたしから、廓の女の匂いは消えているでしょうか……」

おくにはそれを案じたが、

「もう誰がどう見ても、ぼた餅《もち》を商う茶屋の女将ですよう。だが、好い女が亭主もなく茶屋を切り盛りしているってえのは、ちょっと気になるところだが……。まあいいや、よくぞここまできなすったね……」

栄三郎は励ましながらも、ほんの少し女としてのおくにをからかうように言って早速とりかかったのであるが、

「近江屋の旦那はこのところ具合が悪くて、奥に引っ込んでいるそうですぜ」

まず下調べに向かった又平からそんな報告を受けた。

「そりゃあまあ、六十五だ。歳も歳だからな……」

栄三郎は少し様子を見てみようかと思ったが、歳も歳ゆえ容体《ようだい》が急変することも考えられる。

「見舞いに行くのが何よりだが、はてどうすればよいか……」

遊び好きで女好き。一度馴染んだ女はとにかく大事にしてやるのが身上《しんじょう》の元右衛門である。

あの日の里雪を忘れていないであろう。

だが、店の奥で臥せっている元右衛門を、

「前に〝ますだ屋〟でお世話になりました里雪でございます……」

などと案内を請うわけにもいくまい。

策を練《ね》っていると、さらに又平から、

「こいつはどうもいけません。近江屋の旦那は、お内儀から意趣返しをされているようですぜ……」

との報せを受けた。

元右衛門は遊び人であったが、それ以上に家業に励み、妻子にも贅沢な暮らしをさせ、これを大事にして近江屋を大店へとのしあげた。

とはいえ、そういう良人《おっと》であるだけに逆らうことなく黙って家内を守ってきた内儀が、ここにきて随分と元右衛門に対して冷淡な態度をとっているようなのだ。

それも無理はない。

廓遊びだけならまだしも、囲っている妾《めかけ》も一人に止《とど》まらぬ元右衛門には、苦労させられ続けたのである。

「ふッ、ふッ、今はわたしを頼るしかないとはお気の毒なことです」

病人を奥に閉じ込めて、自分の意のままにさせることに喜びを見出《みいだ》しているようだ。

意趣返しというよりも、糸の切れた凧《たこ》であった良人を自分の傍《そば》へ置いて叱りつけながら世話をするという、内儀の慈《いつく》しみなのかもしれない。しかしこれでは、かつての遊び人もまるで好いところがないというものだ。

内儀としてはいっそこのまま元右衛門を隠居させてしまって、近江屋の商いを堅物の娘婿に任せてしまいたい――そんな思いを持っていて、会う人ごとに楽しそうな表情を浮かべてそのように言っているという。

とはいえ、近江屋は元右衛門あってのもの。たとえ奥に引き籠《こ》もっていたとて、代替わりになったと知れれば人につけ込まれる恐れもある。

それゆえ奥に引っ込んでいても、まだ代替わりをさせられずにいるのである。このあたりは元右衛門の面目躍如《めんもくやくじょ》というべきか。

いずれにせよ、近江屋の奥座敷におくにを連れていくのは至難の業《わざ》である。

「今度は容易《たやす》いと思ったが、近江屋の主を外に連れ出せねえとなると、こいつは坊主になった医者に会わせるより難しいな……」

栄三郎は又平相手に溜息をついたものだが、

「待てよ、医者か……。その手があったぜ」

栄三郎はふっと閃《ひらめ》いて、再び又平を小石川へやったのである。

数日を経て、秋月栄三郎は町医者・井山順庵《いやまじゅんあん》と共に、元右衛門が臥す近江屋の奥座敷へと足を踏み入れた。

又平に近江屋に出入りしている医者を調べさせ、再び中の橋北詰の医師・土屋弘庵に頼んで伝手《つて》をたぐろうとした栄三郎であったが、そうするまでもなかった。

湯島聖堂《ゆしませいどう》裏に居を構える井山順庵が、その出入りの医者であったからだ。

栄三郎は面識はないものの、順庵の名はよく知っていた。というのも、栄三郎が苦界から救い出した遊女・おはつこと萩江の弟で、今は旗本三千石・永井勘解由の婿養子となっている房之助が、以前この井山順庵の許に寄宿していたからである。

栄三郎は小躍《こおど》りをして、すぐに永井家用人・深尾又五郎から順庵に一筆認《したた》めてもらって彼に会った。

井山順庵は齢六十。思いのほかに剽《ひょう》げていて、おもしろみのある医者であった。栄三郎の噂は聞いていたらしく、会うや否《いな》や話が弾み、栄三郎の頼みを快《こころよ》く引き受けてくれたのであった。

順庵の見立てでは、近江屋元右衛門は仕事と遊びに体を酷使してきたことが祟《たた》って、五臓六腑《ごぞうろっぷ》が悲鳴をあげているのだという。

「人の何倍もの暮らしを送ったのだから、人より早《はよ》う老衰したとておかしゅうはない。ましてや六十五じゃ。それほど長《なご》うはもつまいが、まあ、天命じゃな……」

であるそうな。

そして、栄三郎のことを、

「この御仁はな、武芸の御師匠で、体の筋や骨の歪《ゆが》みを整えられるという技をお持ちじゃ。その辺の按摩《あんま》などとは比べものにならぬゆえ、無理を申してお越しいただいた……」

近江屋の家人にはそう紹介して、さっさと連れて入ってくれたのである。

実際、栄三郎には整体を施す心得がある。彼が修めた気楽流には剣術の他に柔術や捕手《とりて》などの格闘も含まれているので、師・岸裏伝兵衛は長じて気功、整体、接骨なども熱心に習得し、これを弟子にも教えたのである。

この期《ご》に及んでも珍しい物好きの元右衛門は、整体を施してくれるという栄三郎に随分と興味を示した。

順庵はさっさと検診を済ませると、飲み薬の用法などを元右衛門に説き、

「ちと休ませていただきましょう……」

そう言って栄三郎に交代して座を離れた。

「しからば……」

栄三郎は知る限りの術を駆使して元右衛門の体の歪みを矯正《きょうせい》しながら、

「実は某、療治をしに参ったのではござらいでな……」

と、小声で話しかけた。

「で、ございましょうな。いささか力任せで痛《いと》うございます……」

元右衛門の声は精がないものであったが、さすがに元は遊び人である。言葉のひとつひとつに味わいがあった。

栄三郎としては話しやすい。

「〝ますだ屋〟の里雪を覚えておらぬかな……」

「里雪……。うむ、覚えております」

「実はその里雪……、いや今の名はおくにというのでござるが、これにちと頼まれご

とをされましてな……」

「ほう……」

かつて遊んだ廓の女の名を聞いて、元右衛門の声に何やら張りが出てきた。遊びたいがために仕事に励み、仕事の疲れを遊びで癒《いや》す。そんな暮らしを送ってきた元右衛門には、こういう浮《うわ》ついた気持ちが何よりの良薬であるのかもしれない。

栄三郎は、おくにが何故に一目元右衛門に会いたいと思っているかを、療治する間に伝えた。話し上手《じょうず》の栄三郎のことである。そこはおもしろおかしく、おくにの情と健気さ、感謝の想いが、弱った元右衛門の身に突き刺さるように語ったものだ。

「里雪がそのような……。あれこれ遊んできましたが、はッ、はッ、そんな風に思ってくれている女がいたとは嬉しゅうございます……」

元右衛門はその目に薄《うっす》らと涙を浮かべて、

「このところは外出もままならず、床に臥せた途端に、遊ぶ金もいらぬであろうと財布も取り上げられてまるで好いところがありませぬゆえ、里雪に会うのは恥ずかしゅうございますが、里雪がそれで、おくにとして生まれ変わることができるというなら、どうぞこれへ連れてきてやって下さいませ……」

と栄三郎に深々と頭を下げたのであった。

井山順庵はその翌日も往診に近江屋を訪れた。

「昨日の療治がどのように効《き》いたか確かめに参った。この後も往診を控えておりましてな。薬箱がいささか多いによって、手伝いを連れておりますのじゃ……」

その手伝いというのが、白い上《うわ》っ張《ぱ》りを着て薬箱を提《さ》げたおくにであった。

順庵もなかなかの役者ぶりである。栄三郎からおくにを託されると、

「これも患者を元気付ける療治のひとつでござるな……」

ニヤリと笑って、嬉々《きき》としてこの役目を引き受けたのである。

栄三郎は小石川に出向いて様子を窺《うかが》った。おくにが最後に礼を言いたかった元右衛門に会えた祝いの言葉をかけてやりたかったのだ。

果たしておくには、井山順庵に連れられ元右衛門を厳しく監視する内儀と娘の目を抜いて、奥座敷で栄三郎の手はず通り対面した後、半刻《はんとき》(約一時間)ばかりで近江屋から出てきた。

栄三郎は表の角《かど》で待ち受け、おくにを神田明神社門前の茶屋へとすぐに連れていき、そこで首尾を問うた。

それによると、近江屋元右衛門はおくにの手を取って、

「この先、わたしはもう長くは生きられまいが、お前は年季も勤めあげて今では立派

な茶屋の女将だ。それがこのような慣れぬ恰好までしてわたしに礼を言いに来てくれるとは、本当に嬉しい。ありがとうよ……」

何度も頷《うなず》いてみせたという。

「そうか……、そいつは何よりでしたねえ。これで気が済みましたかい」

栄三郎は胸を撫《な》でおろしたが、おくには今ひとつ冴えぬ表情で、

「そこまではよかったのですが、ひとつ難しいことを頼まれてしまいまして……」

おくには目を大きく見開いて、栄三郎を縋《すが》るように見た。

「難しい頼まれごと……？」

どうやらこれで取次はすべて終わったわけではなさそうだ。

栄三郎は名人・鉄五郎《てつごろう》作の煙管《キセル》を取り出すと、まず一服つけてからおくにの話に耳を傾けた。

六

「そう……、伯父《おじ》さんは昨夜も帰ってこなかったの……」

「うん……」

「おまんまはどうしたのです」

「お米が少しだけあったから、炊《た》いて食べた……」

「あら、くら坊はお利口なのですね……」

この三日、おくには昼から夕方にかけて幼い蔵吉《くらきち》にぼた餅をたっぷりと食べさせて、茶屋の隅で遊んでやっている。

目がくりっとして、いかにも利口そうな口許をしている〝くら坊〟はまだ九つである。

構えば構うほど愛《いと》しくなってくる。

「生きていると、どこでどんな縁に行きつくかわからない……」

おくにを嘆息させたのが、この子供との出会いであった。

近江屋元右衛門に密《ひそ》かに会ってかつての礼を言った後、

「……ひとつ難しいことを頼まれてしまいまして」

とおくにが秋月栄三郎に報せたのが、この蔵吉のことであった。

蔵吉は、実は近江屋元右衛門の隠し子なのだ。

母親は回向院《えこういん》門前の茶立女であったおすみという。ほがらかで気立ての好さが気に入って年甲斐もなく元右衛門が入れ込んで、本所柳原《やなぎはら》町一丁目に小ざっぱりとした仕舞屋《しもたや》を借りてやり、妾としたのである。

幸いにもおすみの存在は店の誰にも知られぬまま年を経た。江戸の東西南北を遊び回った元右衛門くらいになると、どこにどんな女がいるかもわからなくなるのであろうが、廓遊びではなく、おすみには子を生《な》すほどに情を傾けたのは、仕事、遊び、家内の割り切りがきっちりとしている元右衛門には珍しいことであった。元右衛門は内儀との間に娘二人しか子を生さなかった。それだけにおすみが男子を出産した時は、女房に手を合わせつつ狂喜したものだ。

名も蔵吉という実に景気の好い名をつけて、いつか一廉《ひとかど》の商人にしてやろうと思った。それでも外腹《ほかばら》の蔵吉に近江屋を継《つ》がそうとは考えず、店の後継には娘に婿をとった。

元右衛門の威光に屈し、近江屋の内儀は良人の廓遊びについては黙っている。しかし商家の娘で自尊心が高く、気性《きしょう》の激しさを内に秘めている女房の人となりを元右衛門は熟知していたので、蔵吉の存在によって必ず起こりうる〝御家騒動〟を避けたのである。

蔵吉が大人になった時、自分が後ろ盾《だて》になって新たな商いをさせてみたい――それを楽しみにしていた元右衛門であったのだが、あろうことか二年前におすみが俄《にわか》に患い、そのまま帰らぬ人となってしまった。

残された蔵吉をどうして育てていこうかと思案した元右衛門は、結局おすみの実兄である直次郎《なおじろう》に託すことにした。

直次郎が望んだことだが、この男だけがおすみと元右衛門の間柄を知る蔵吉の身内であったし、元右衛門の外出の際は直次郎が小まめに世話をして、妹に好い目を見せてくれる大旦那の愛顧に応えてくれていた。

直次郎は十五の時に二親を次々に亡くし、三つ下の妹を父親の生業《なりわい》であった小間物の行商を引き継いで育てた。そんな兄の負担を減らそうとおすみも十五の時から茶立女として働き、日蔭の身とはいえ元右衛門という大金持ちを旦那に得たのである。

元右衛門は小回りが利《き》いて人当たりのよい直次郎を気に入り、おすみが暮らす仕舞屋の近くに小間物屋の小店《こだな》を持たせてやっていたので、蔵吉をここに住まわせたのであった。

「己が才覚で金を動かせるようになるまでは、くれぐれも蔵吉には贅沢をさせず、読み書き算盤《そろばん》をしっかりと習わせておくれ……」

そして、おすみを育て構ううちに嫁をもらっていない直次郎に、早く所帯を持つよう勧めつつ、月々五両の金を渡していた。

ところが、今度は元右衛門が店の内で俄に病に倒れ、今の有様《ありさま》となった。いつか自分も体が言うことを聞かなくなるだろうから、その時のための備えをしておかねばと思っていたのだが、病というものは突然にやって来る。

蔵吉の存在は伏せておかねば、男であるだけにどんな仕打ちにあうか知れたものではない。それは、今自分が監禁に等しい扱いを受けていることで明らかだ。

おまけに月々の五両を直次郎に渡してやれないのが何とも気にかかった。

「商いは己が間尺《まじゃく》に合わせてするものだ」

大きな商いをこなせる才覚はないと見て、直次郎には小体《こてい》な小間物屋をさせるに止《とど》めた元右衛門であったが、店一軒を持たせてやったのである。五両の金が滞《とどこお》ったとて直次郎にとって蔵吉は甥《おい》であるのだから、何とか育てていってくれるであろうとは思う。

ところが元右衛門は病に倒れる前から、少し気になっていたことがあった。

このところ直次郎が商売を怠《おこた》り、店を空《あ》けたまま遊び呆《ほう》けているという噂を小耳に挟んだのだ。

そう考えると直次郎は月五両の金をあてにして、ほとんど蔵吉のためには使わずにいるのかもしれない。もしそうだとしたら、五両の金が途切れた時、直次郎はやっていくことができないのではないか――。

それはとにかく蔵吉の危機であった。

何とか直次郎に話をつけねばならない。

そう思った矢先に元右衛門の体が言うことを聞かなくなってしまっただけに、焦《しょう》燥《そう》はつのった。

蔵吉のことを思うと、元右衛門は不憫《ふびん》でならなかった。物心つく頃から、祖父のような父親は仕事の都合で旅から旅へと出かけているのだとおすみに言い聞かされ、このところ元右衛門が家の奥から動けず会いに行けないでいることは、長い旅に出ているからと幼心に理解しているのであろう。

早く誰かに蔵吉のことを見てもらわねばならない。だが、下手《へた》な相手にこれを告げると、女房の知れるところとなるやもしれぬ。大店の旦那衆で心許せる友もいるが、自分が倒れて以来、遊び仲間達の見舞いはすべて内儀は受けつけないでいるのだ。

――だが、もうおれの命も長くあるまい。

元右衛門は己が死期を悟り、かくなる上はこれと決めた者に、いざという時のために寝所に飾っている骨董《こっとう》の壺《つぼ》の中に入れておいた二十五両の金を託し、蔵吉の身が立つようにしてやってくれと頼むしか道はないと思い定めた。

そしてそんな時に訪ねてきてくれたのが、かつて吉原で馴染んだことのある里雪であった。

里雪とはまったく廓遊びと割り切ったものであったのに、こうして恩義に思って訪ねてくれる。しかも、秋月栄三郎という世事・人情に通じた真に頼もしい武士が里雪にはついている。

「こんなことをお前に託すとは、この元右衛門、面目次第もないが、思わぬ人の縁とはこのようなものだ。おくにさん、わたしはお前に懸《か》けた。この二十五両がわたしの今の身代《しんだい》となってしまった。情けない話だが悔いはないさ。本当に好き勝手をしたからね……。ただ、蔵吉だけが不憫でならぬ」

元右衛門は低い声でおくににあらましを告げると、二十五両の金を布団の下から取り出しおくにの手に握らせ、祈るような目を向けたのだという。

「なるほど、難しい頼まれごとだ……」

話を聞いた時、栄三郎はおくにを通じて自分に託されたような気になった。

「だが、よくぞ引き受けなすった。その二十五両、蔵吉殿のために役立てねばならぬ……」

栄三郎はすぐに直次郎を調べてみた。

すると真にひどいもので、直次郎は蔵吉を養育するどころか、僅《わず》かな米だけを置いて毎夜のごとく家を空ける暮らしが近頃続いているようだ。

手習いにやっていたのも、払う礼金に窮《きゅう》したのか俄にやめさせてしまったという。

哀れ蔵吉は近所に遊ぶ子供もおらず、一人で竪《たて》川の岸にいて、早くに死んでしまった母と旅から帰ってこない父を想うのか、ぼうっと川の流れを見つめているそうな。

これを報されたおくには見るに見かねて一人の蔵吉に優しく声をかけ、そこからはさして遠くはない亀戸天神前の己が茶屋へ連れていき、この三日遊んでやっているのである。

「直次郎にこの二十五両は渡さねえ……」

栄三郎はそのことをおくにと確認した。

直次郎は気の好い男であったのだが、妹の幸運によって勘違いを起こしたようだ。

妹のお蔭で近江屋元右衛門の援助を受けるうちに働く気も失《う》せ、商いにまったく身が入らなくなっていたのか、直次郎は元右衛門の前では如才なく振舞いつつ、陰では遊び回るようになっていたのだ。

人を見る目の確かさを誇っていた元右衛門も、寵愛《ちょうあい》するおすみの兄となれば目が曇ったのか、大事な蔵吉までも直次郎に預けてしまった。

直次郎が蔵吉を預かったのは五両の金欲しさであったのだ。それが詰まれば妹の子だとて厄介者になるのが今の直次郎の性根《しょうね》なのだ。

「直次郎の奴、子供を養うどころじゃあねえようですぜ……」

又平が調べたところによると、直次郎は博奕《ばくち》に手を出して負けがこんで、方々に借金があるようなのだ。

「おれには近江屋の旦那がついているんだ……」

そんなことを言って信用させてきたが、貸している側もその元右衛門が近頃世の中に出てこないので、そろそろ直次郎の化けの皮もはがれそうな頃合になってきたのだ。

おくには三日目の今日も、とりあえず夕方となって、伯父が帰ってくるかどうかもしれない柳原町二丁目の小間物屋へと蔵吉を送ってやった。

「くら坊、今日は伯父さんが帰ってくるまでおばさんが一緒にいてあげましょう」

「ほんとう？　おばさん、どうしてそんなにおいらにやさしくしてくれるんだい」

「おかしいかい？」

「うん……」

「そりゃあそうだね。おかしいわよね。本当のことを言うとね、おばさんはくら坊のお父つぁんの姪《めい》っ子なのよ」

「めいっ子？」

「そうよ、くら坊のお父つぁんの、亡くなった弟の子。だからくら坊とわたしはいとこ同士よ。でも親と子ほど歳が離れているから、おばさんでいいわよ」

「おいらにもそんな人がいたんだ」

蔵吉は目を丸くしたが、おくにの言うことを不思議には思わず、とても嬉しそうな顔をした。そんな人がいきなり現れたっておかしくないだろう――まるで身内に恵まれない蔵吉はそう思いたかったのだ。

――心配しないでいいのよ。わたしはお前のお父つぁんの世話になったんだもの。お前が真っ当に生きていけるように必ずしてあげるから。

おくには蔵吉の澄みきった瞳《ひとみ》を見ていると、何やら自分の体内に生きる望みと勇気が湧《わ》き上がってくるのを覚えていた。

その夜。

直次郎は今日も、蔵吉が一人待つはずの家には帰ることなく、入江《いりえ》町の盛り場をふらついていた。

「まったくおれはどうしてこうついてねえんだろう……」

己が努力と才覚で未来を拓《ひら》こうという意欲のない者のお決まりの台詞《せりふ》――それが直次郎にはすっかりと板についていた。

「直次郎だな……」

人気のない路地に入ったところで呼び止められた。野太い声であった。

振り返ると男の影がそこにあった。

目をこらすと男は浪人風で、編笠《あみがさ》を被《かぶ》っているのでその表情はわからない。

借金の取り立てがついに始まったかと、その場に固まってしまった直次郎であったが、

「近江屋の旦那の遣いで来た……」

編笠の男は意外な言葉を直次郎に告げた。

「近江屋の……。ああ、ありがたい……。いつ来て下さるかと思っていましたよ」

直次郎は胸を撫でおろし、正直者を全身で演じてみせた。

だが、男は微動だにせず、

「旦那のことは知っていたのか」

「はい、それは……。俄にお見えにならなくなったゆえ、ご案じ申し上げておりました。と言っても、わたしはその、大手を振ってお訪ねできる身ではございませんの

で、色々人にお聞きいたしまして……」

「旦那が奥座敷に臥せって身動きできぬと知ったのか」

「はい」

「それでお前は思いの外《ほか》に旦那の具合が悪いと知り、この先月々の五両にありつけぬと思ったのか」

「あ、いえ、そんな五両のことより、わたしは旦那様のお体の方が心配で……」

「それなら、何としてでも旦那を見舞えばよいではないか」

「そうしようとは思いましたが、何があっても来るな、お前の正体が知れたら女房が何をするか知れぬと、固く仰せつかっておりましたので」

「どうせ今は内儀に囚《とら》われの身ゆえ、何をしたとて切れた金蔓《かねづる》は元には戻らぬと思うたか」

「何ということを申されます……」

「それゆえ、金の切れ目が縁の切れ目と、蔵吉殿を養うのを投げ出したのか」

「ま、まさか、そんな……」

「たわけが！　旦那の目が節穴とでも思うたか。病に臥せったといえども、近江屋元右衛門を見くびるではないぞ……」

「へ、へへえ……ッ」

男の一喝に、直次郎は戦慄《せんりつ》して言葉を失った。

この編笠の浪人風が秋月栄三郎であることは言うまでもない。

「旦那は、お前を試す好い折となった、このまま放っておけば、蔵吉を捨てるか自棄《やけ》になって蔵吉を連れて近江屋に乗り込んでくるか得体が知れぬと申されて、お前の始末をおれに任せた」

「わ、わたしの始末と申されますと」

「蔵吉殿をしかるべき所に移し、お前の口を封じるのが何よりと見た……」

「ま、まさか……。い、命ばかりは……」

恐怖に声が出ない直次郎に、栄三郎は抜き打ちをかけた。

「ひッ……」

言葉も出せず竦《すく》んでしまった直次郎の足下《あしもと》に、傍に立つ梅の木の枝が切って落とされた。

あんぐりと口を開けてへたり込む直次郎に、栄三郎は金包みを投げ与え、

「五両入っている。お前のような男でも蔵吉殿にとっては伯父。命ばかりは助けてやるゆえ、すぐに江戸から出ていけ」

「あ、ありがとうございます……」

「この次お前を見かけたら必ず斬る。早く失《う》せろ！」

「は、はい……！」

直次郎は金包みを押し頂くと、一目散に駆け出した。

――これでよし。あとは文《ふみ》を井山順庵先生に託すだけだ。

栄三郎はふっと笑った。

すでに療治は済み、元より大事な蔵は里の雪に覆われて候《そうろう》――。

とでも認めようか。

今頃おくには蔵吉の身の回りの物を整えて、

「直次郎伯父さんも旅に出なければいけなくなったようだから、今日からはおばさんの家で一緒に暮らしますよ」

幼子の手を引いて亀戸の住まいへと入ったであろうか。

元右衛門が託した二十五両。

さてどう使うかを思案するうちに、おくには五両を直次郎に渡して、

「あとはわたしが頂戴《ちょうだい》します。この先、わたしの息子として蔵吉を育てていく上で、あの子のために使います」

と、栄三郎にきっぱりと言ったのが昨日のこと――。

「そいつは何よりの恩返しだが、そんなことをして好いのかな。四人の客に礼を言って、これからおくにさんは幸せにならねばならぬというのに……」

「くら坊を育てるのは恩返しではありませんよ。わたしが望むことなのです。わたしは長い間苦界で過ごした女です。この先我が子を持てるとは思えませんし……」

「だが、子供を育てていくのは並大抵の苦労じゃあねえですよ」

「その苦労をしてみたいのです。これから先に望みを持てる子を育てるなんて、今のわたしにちょっとやそっとで回ってくる縁ではありません」

「なるほど。親は子供の体を借りて、色んな幸せを味わうことができるものだと、そういえば、わたしの親父殿が言っていましたよ」

栄三郎がそう言うと、

「好い男に育ててみせますよ。色んな男の浮き沈みや生き様《ざま》を、この目で見てきたわたしでございますから……」

おくにはうっとりとした表情を浮かべたが、その声は力強い母のものであった。

嘘《うそ》と真が行き交う廓を生き抜いた女。

大人の都合で浮世をさまよう幼気《いたいけ》な子供。

女はいまだ定まらぬ己が生きるよすがを、この子供を拾いあげ育てることに定めた。

「うん、好い取次だった……」

そんな奇跡を起こす助けになれたと、栄三郎はしばし物思いにふけった後、

「おれの腕も捨てたもんじゃあねえな……」

斬り落とした梅の枝を拾いあげて、楽しそうに独り言ちた。

「お染の店にでも飾ってやるか。今宵はあの姐さんを相手に、男と女の話で一杯やって……。岸裏先生に会いに行くのはそれからでいいだろう」

そして梅の枝を肩に担《かつ》ぐと、栄三郎は春の宵に浮かれながら路地を出て歩き始めた。

第三話　小糠三合《こぬかさんごう》

一

亀戸天神前の茶屋の女将《おかみ》・おくにの一件が、ようやく片付いた折のことである。

「うまそうな蛤《はまぐり》が手に入りましたので、是非とも一献《いっこん》お付き合い下さい……」

秋月栄三郎は呉服町に大店《おおだな》を構える田辺屋宗右衛門からの誘いを受け、又平を伴《ともな》いこれを訪ねた。

このところ宗右衛門の愛娘《まなむすめ》・お咲は、新設なった本材木町五丁目の岸裏道場で剣術稽古《げいこ》に励んでいるので、自《おの》ずと宗右衛門が栄三郎と触れ合う機会も少なくなっていた。

おまけに、お咲を岸裏道場に託してからというもの、〝取次屋〟栄三の本領発揮で、秋月栄三郎は手習いが終わるやあれこれと頼まれごとをこなしていたから、

「どうも栄三先生をお誘いする間がありませんな……」

宗右衛門は日々こぼしていたようである。

一月《ひとつき》栄三先生と会わないと、店の者や、寄合で顔を合わせる旦那《だんな》衆に話す時のたねがなくなる――。宗右衛門はしびれを切らして、

「お咲、お前、近頃は栄三先生を粗略にしているのではあるまいな……」

三日に一度はきちっと水谷町を訪ねているお咲を捉《とら》えて、こんなことを言ったものだ。

もっともっと栄三郎の様子を探ってこいということなのだが、それでいて、

「お父つぁんがくれぐれも先生によろしくお伝えするようにと申しておりました」

今日は〝手習い道場〟を訪ねた折にそう言ってきた、などとお咲が言うと、

「これ、そんなことを言うではありません。わたしがお前に言わせて誘いをかけているみたいではないか」

などとしゃあしゃあと叱《しか》りつける。真《まこと》に田辺屋宗右衛門らしい強がりなのであるが、お咲の方は堪《たま》ったものではない。

「先生、お願いですから呉服町まで、一度足をお運び下さい……」

ついには泣きついてきた。

「これはいかぬ……。ほんに無沙汰《ぶさた》をしてしもうた……」

栄三郎には、宗右衛門に新・岸裏道場を道楽で建てさせてしまった恩義がある。うっかりと〝取次〟に没頭して疎《おろそ》かになっていることにはたと気付き、

「お咲に言われて気付いていたのでは真に情けない……。そんなら、一息ついたの

で、どこかで焼き蛤を肴《さかな》に一杯やりてえものだ……。そんなことを栄三が言っていたと伝えておくれ……」

とお咲を帰したところ、早速その翌日に、うまそうな蛤が手に入ったのでお越し願いたいとの誘いが田辺屋から来たのである。

互いに気を遣《つか》いながらのやり取りにお咲は幾分辟易《いくぶんへきえき》としながらも、親しいからこそ長くその間柄を保ちたいと願う、これが大人の付き合い方なのだろうと、二十歳《はたち》を超えた今は肌合でわかるようになっていた。

この日、宗右衛門が栄三郎と又平を満面の笑みをもって迎えたことは言うまでもない。

焼き蛤に加えて、今が食べ頃のやりいいかをさっと火で炙《あぶ》り、醬油《しょうゆ》と山椒《さんしょ》で味を付けた一品がまたうまかった。

お咲も給仕に出て、春の宴《うたげ》は大いに盛り上がったのだが、

「やはりあの男を呼んだのは間違いでございましたな……」

後で宗右衛門がそうぼやいた招客が一人いて、途中から宴席の話題を独《ひと》り占めした。

招客は浅草聖天町《しょうでん》で〝丸友《まるとも》〟という質屋を営《いとな》む友蔵《ともぞう》であった。

宗右衛門とは幼い頃からの友達で、田辺屋からほど近い日本橋通南三丁目に店を構える古道具屋の息子であったのが、

「宗右衛門があんまり身代《しんだい》を大きくしやがるからおもしろくねえのさ」

などと憎まれ口を利《き》いて、新たに株を買って質屋になった。

だが、友蔵の本音を言うと、吉原や浅草奥山《おくやま》に近い聖天町で質屋をする方が、出入りする客もおもしろいであろうし、質に入れる人間模様を見るのもまた楽しいと思ってのことなのである。

そういう味わい深い男だけに、宗右衛門とは途切れることなく交誼《こうぎ》が続いているのだが、

「あの馬鹿は愚にもつかぬ話をぐだぐだと並べて、時折席を台なしにしてしまうから困ったものです」

宗右衛門としては、あれこれ秋月栄三郎と話をしたかったのに、友蔵が横から自分の見聞きした話を差し挟んでくるので、ただただうるさいだけであったというのだ。

しかし、栄三郎はというと、

「いやいや、なかなか楽しい話を聞かせてもらいましたよ……」

なるほど、日頃から友蔵の話はほとんどが世の中に対する恨《うら》みつらみで、宗右衛門

の言うように愚にもつかぬのだが、そのぼやきぶりが栄三郎にとってはむしろ新鮮でおもしろい。

酔いも手伝って、この日友蔵が、

「まったく頭にくる……」

と怒りをぶちまけたのは、一人の浪人者のことであった。

一月ほど前――。

友蔵の質屋にその浪人者はふらりと現れた。

「拙者《せっしゃ》、笹田《ささだ》剛蔵《ごうぞう》と申すが、主《あるじ》はおるか……」

店番のおさよという老婆《ろうば》に名乗るのを聞いて、友蔵は応対に出た。

その面体《めんてい》を見るに、目は糸のように細く、顔は半畳の畳《たたみ》のように四角く、黒々とした揉上《もみあ》げが畳の縁《へり》を思わせたと友蔵は言う。

一見愛敬《あいきょう》があるが、大柄で引き締《し》まった体格と、真一文字《まいちもんじ》に結んだ口許《くちもと》にはなかなか威風がある。

錦《にしき》の細長い袋を携《たずさ》えているところを見ると、刀を質入れに来たようだ。

「いかんともし難《がた》い仕儀となり、恥を忍んで家重代の刀を質に入れに参った……」

笹田剛蔵と名乗った浪人は、肩を怒らせて切羽《せっぱ》詰まった様子で袋から刀を出し、友蔵の前に静かに置いた。

「質屋へ参ったのはこれが初めて……。いずれの質屋が好いかと思案したが、前を通りかかればなかなかに趣《おもむき》のある店の佇《たたず》まい。幸い先客もなし、ここと定めて参った次第じゃ」

友蔵はその武骨で古武士然とした様子がまず気に入って、

「お心安うなされて下さりませ。質屋というところはただ品をお預かりして、代わりに金子《きんす》をお貸しする、なかなかに便利なところでござりまする。これへお越しになられたとて、何を恥じることがござりましょう」

と恭《うやうや》しく頭を下げてみせた。

「うむ、忝《かたじけな》い……。しからばこの一振りじゃ。これは家宝の打刀《うちがたな》でな。無銘ではあるが、名工が意図して刻まなんだものと思われる。そなたほどの者になればわかるであろう……」

笹田剛蔵は威儀を正して友蔵を見つめた。

「左様《さよう》でございますか。確かに無銘でも、名のある匠《たくみ》が鍛《きた》えたものもござりまする。まず拝見仕《つかまつ》ります……」

友蔵は、こういう掘り出し物に出会いたいがために質屋をしている男である。そしてその鑑識眼はなかなかのものなのだ。

胸をときめかせながら刀を鞘《さや》から抜いて、作法よろしく改めたのであるが、これがまったくよろしくない――。

まさしく無銘であり、名のある刀工がゆえあってその名を伏せた一振りとはとても思えないという判断を友蔵は下した。

「お持ちいただくお刀を、お間違いになられたのではございませぬか……」

恭しく伝えると、

「間違ってなどはおらぬ。まさしくそれが我が家の宝剣・暗切丸《くれきりまる》じゃ」

笹田は平然と応《こた》えた。

大真面目《おおまじめ》な様子がかえっておもしろく、友蔵は何かの洒落《しゃれ》か遊び事かと思って、

「ふッ、ふッ、暗切丸か何かは存じませぬが、お戯《たわむ》れはこれ切り丸にして下さりませ」

などとおどけてみせたところ、

「笑い事ではない！」

さらに大真面目に叱責《しっせき》を受けた。

「何がこれ切り丸だ。武士をなぶるのもよい加減にいたせ！」

こういう時は耳の遠いふりをしてひたすら客の怒りをかわすおさよ婆さんであったが、笹田の荒々しい声に驚いて友蔵の後ろで凍りついたように固まってしまった。

「いえ、その、決しておなぶり申した訳ではございませぬ……」

「おなぶり申した訳ではないだと……」

「はい……」

日頃は反骨の気構えを見せる友蔵であるが、いかつい武士を前にしてさすがにしどろもどろになってしまった。

この件を聞いた時は、田辺屋宗右衛門も愉快に笑って、

「日頃は大きな口を叩《たた》いているが、友蔵、お前もいざとなればだらしがないではないか……」

とからかったものだ。

「しどろもどろになったのは笹田某《なにがし》を逆上させぬための方便だよ。何といってもおれの後ろには、か弱い婆《ば》ァさんがいたのだからな……」

すぐに友蔵は言い返したが、これを聞いた又平が、

「おっ母さんを驚かすなんて、ひでえ浪人ですねえ」

と憤《いきどお》った。又平はおさよをおっ母さんと呼んでいる。

かつておさよが幼い息子に持たせた迷子札を、ひょんなことから又平が拾って届けたことが縁となった。

その息子というのはぐれて家出をした後に死んでしまっていたのだが、おさよは迷子札を持って現れた又平を息子と信じ、又平もまた名も知らぬ母親をおさよに見て、少しの間疑似母子《ぎじおやこ》を演じたことがあったのだ。

それは、死んだ息子が生前犯した悪事に二人が巻き込まれ、秋月栄三郎に救われるという展開を見て終わりを告げたのだが、その後おさよは宗右衛門の気遣いで友蔵の質屋の店番として落ち着き、又平は今も時折〝おっ母さん〟と呼んで〝丸友〟を訪ねているのである。

それゆえに又平はおさよを気遣い憤ったのだが、これには宗右衛門も確かに笑い事ではないと思い直し、

「それは定めて、鈍刀《なまくらがたな》を宝剣だと言い張って金をせしめようという魂胆だな。怪《け》しからぬ奴だな」

今度は旧友に真顔を向けた。

「ああ、まったく怪しからん！」

「だが友蔵、お前はそういう時のためにと、店賃《たなちん》を取らずに凄腕《すごうで》の浪人を離れに置い

ているのではなかったか。え～、確か一刀流《いっとう》の遣い手で……」

「宮本小次郎《みやもとこじろう》」

「そう、宮本小次郎……」

「それがそんな時に限っておらぬのだ。まったく名前だけは一人巌流島《がんりゅうじま》なんだが、役に立ったためしがない……」

「それで笹田某は何と……」

「恐ろしい剣幕で食ってかかりやがったよ」

笹田は、ぐっと友蔵を睨《にら》みつけると、

「家重代の宝剣・暗切丸を貶《おとし》められたとあっては某《それがし》の武士の一分《いちぶん》が立たぬ。この場で意地を果たした後、腹かっさばいて御先祖にお詫《わ》びをいたす……」

低い声で言った。

〝この場で意地を果たす〟とは、

「お前を殺しておれも死ぬ……」

という言葉に等しい。

何かの折に、殺すとは言っていない腹を切ると言っただけだ――そう言い逃れんとする細かい配慮があるのかもしれない。

そう考えるとまったく強請《ゆすり》である。

こうなると友蔵も伊達《だて》や酔狂で質屋をやっていない。

「鈍刀だから鈍刀と言ったまでだ。気に入らねえならどこか他所《よそ》で見てもらいやがれ！ それも嫌なら意地を果たしゃあいいだろう。斬れるものなら斬ってみやがれ！」

こちとら江戸っ子だ、二本差《にほんざし》が怖くて田楽《でんがく》が食えるかと啖呵《たんか》を切ってやろうと身構えた。

ところが笹田剛蔵、友蔵の心の内を読んでいるかのように、

「まったく、三両の金を用意できぬこの身が情けない……」

そう呟《つぶや》いた。

「三両……？」

これに友蔵は拍子《ひょうし》抜けがして、

「笹田様はこのお刀を三両で質入れしようと……」

「その暗切丸は三両の値打ちではない。だが、どうせすぐに請《う》け出すのだ。大金を受け取ればそれだけ利息がかさむではないか」

友蔵は再び大真面目に語る笹田を見ると、笹田はこの刀が宝剣だと真に思い込んで

いるのではないかという気になってきた。友蔵がこの刀を質に取るとすれば、質屋通いをする武士の無念を慮《おもんぱか》って二分《ぶ》なら出すつもりであった。

そうすると差額は二両二分である。

十両、二十両を要求してくるのではないかと思っていただけに、まあそれくらいならば騒ぎにならずに済むのだし、渡してやってもいいだろう——。

そんな気分になってきた。

「なるほど、そういうおつもりなら、今日のところは三両で……」

結局、友蔵は三両を笹田剛蔵に渡した。

「うむ、真に忝い。初めにいくら用立ててもらいたいと言わなんだのがいけなかったようだ。くれぐれも暗切丸のことを頼みましたぞ。しからば御免……！」

そして笹田は鈍刀を一振り置いて立ち去ったという。

「まあ、質屋をやっていると色々ある。二両二分くらいの見込み違いなら仕方がないと思ったんだが、その暗切丸をいまだ請け出しに来ねえところをみると、やはりこいつは鈍刀を高く売りつける騙《かた》りに違いなかったんだと、後から腹が立ってきたのさ……」

友蔵は、三両くらいで済むなら……、という心を見透《みす》かされたことが悔しいのだと宗右衛門に言った。

「おまけに、おれと同じ目に遭《あ》った質屋が他に何軒もあったのだ……」

つい三日前に質屋の寄合があり、宴席となって友蔵がこの話をおもしろおかしくしたところ、同じ手口に遭い、三両を渡した店が他に五軒あったことがわかったのだ。

それぞれで名を変えていたが、四角い顔に糸のような目をした人相は共通していた。

店主達は一様に、三両くらいならいいかと思って刀を預かったのだが、せいぜい二分の代物《しろもの》で、後から考えるとこっちの気持ちを見透かされたことが腹立たしいと、口を揃《そろ》えて言い合ったという。

「悔しいが、今さらお上《かみ》に訴え出たところで質草を預かっているし、あれこれ申し上げる手間を考えると泣き寝入りするしかない。栄三先生、今は何の手がかりもないので取次をお頼みすることもできませんが、きっとしっぺ返しをしてやりてえ……。その時はお願いしますよ」

友蔵は、せっかく宗右衛門が秋月栄三郎を招いて酒宴を開いたというのに、こんな

景気の悪い話を持ち出して悪かったと最後には謝ったが、

「是非先生にこの話を聞いてもらいたかったのですよ……」

と力を込めて栄三郎に訴えたものだ。

「いやいや、おもしろい話を聞かせてもらいましたよ。〝丸友〟の旦那が悔しがる気持ちはよくわかる。しかし、その浪人は悪い奴だがどこか憎めぬような……。一度会ってみたいものですな……」

何故そんな気になったかはよくわからなかったが、あらゆる人を見てきた栄三郎には、友蔵の話に登場する浪人にいつしか親しみさえ湧《わ》いていたのである。

とはいえ、さすがにこの時の栄三郎には、やがてこの浪人者と出会い、忘れられぬ一時《ひととき》を共に過ごすことになろうとは思いもよらなかったのである。

二

又平が、〝丸友〟の友蔵から笹田剛蔵が質入れした鈍刀の出所がわかったと聞かされたのは、それから五日後のことであった。

田辺屋の酒宴でおさよの話が出て、

「そういえば近頃、おっ母さんの機嫌を伺《うかが》っておりやせんでしたよ……」

という又平に、

「このところ取次屋の方が忙しかったからな。確かおさよさんも蛤が好物だったはずだ。好いのが入った時に持って行っておやり……」

栄三郎が蛤代を渡してやったのである。

長く会っていない大坂の母のことを思うと、肉親のいないおさよに何かしてやりたくなるのは栄三郎とて同じであった。

そんなわけで、魚河岸《うおがし》にいる知り合いからほどの好いのを分けてもらったこの日、又平はいつものように手習いが終わった後の片付けを済ませると聖天町に向かった。

「おや、又さん、来てくれたんですか……」

おさよは又平の顔を見ると大喜びで迎え、母親が久しぶりに家に戻ってきた息子にするように、茶を淹《い》れたりもらい物の菓子などをあれこれ出してきたりした。

友蔵は今出かけているが、そのうちに戻るであろうから、

「旦那様と一緒にこの蛤をいただきましょう」

と、又平と並んで店番をして、帯を質入れに来た近くの長屋の女房には自《みず》ら応対した。

「ふッ、ふッ、近頃じゃあ、旦那様に代わってこれくらいの仕事はこなせるようになってきましたよ」

得意げに言うおさよを又平は心配そうに見て、

「だが気をつけるんだぜ、銭《ぜに》を扱えばそれだけ物騒だ。この前みてえな浪人が来たりすればまた大変だ」

「おや、又さん、その話を聞いたのですか」

「ああ、随分《ずいぶん》と怖い目に遭ったそうじゃないか」

「大丈夫ですよ。あれから離れの先生がいて下さいますから」

「離れの先生って、宮本小次郎とかいう……」

「その宮本先生です。肝心《かんじん》な時にいなかったことを気に病まれましてね。このところは、代稽古を休んで離れで傘《かさ》張《ば》り内職をしておいでです」

「そうかい、それも気の毒だな。その先生も一緒に蛤で一杯やろうじゃないか……」

などと言っているところに、いささか興奮の面持《おもも》ちで友蔵が帰ってきて、又平の顔を見るや、

「又さん、ちょうどいい！　あの鈍刀の出所がわかったよ……」

と抱きつかんばかりに言ったのである。

友蔵は他の質屋と手を取り合って、質草に置いていった打刀を持ち寄り検品してみたところ、いずれも茎《なかご》に〝平〟の文字が刻まれてあった。

これはいったい何であろうと、手分けをして刀剣を扱っている連中を捉えては訊《たず》ねてみた。

質流れの刀を処分することも多々あるので、質屋の主達はその方面には顔が広いのだ。

すると、

「これは、曽根《そね》さんが扱っているものじゃあないですかねえ……」

という応えが返ってきた。

名が挙がったのは曽根平助《へいすけ》という浪人である。

刀好きが高じて、研《と》ぎやちょっとした拵《こしら》えもできるようになったのであるが、その技を生かしてその辺りにうち捨てられている刀を回収してきては、それなりの見栄《みば》えにして売り歩いているそうな。

古道具屋に眠っているもの、質流れ品などを二足三文《にそくさんもん》で仕入れるのだが、それをまた安価で売ることで客がつき、立派に商売にしているのだという。

己《おの》が差料《さしりょう》を質入れする間の替えに差すのに、竹光《たけみつ》ではやはり情けないという貧しい武士にとっては、曽根平助の刀は重宝するのである。

また、居合の稽古用などに求める者もいて、刀剣を扱う者にはそれなりに名が知れてきているのだ。

安物ではあるが、何とか武士の刀としての体《たい》を成す――。これが売りであるのだ。

それゆえ、曽根平助は自分が扱う刀は鈍刀ではあるが、そんじょそこいらの鈍刀と一緒にされては困ると、近頃は刀の茎にそっと〝平〟の一字を刻むようになったのだ。

「つまるところ又さん、この前来やがった笹田って浪人は曽根平助の刀に目をつけて、これを仕入れやがったに違いない。だが、そんな刻印が入っていることまでは気付かなかったんだろうね……」

友蔵は、自分もまた曽根平助と〝平〟の刻印について知らなかったのは質屋の主としては恥ずかしいことだと顔をしかめながらも、

「どうだろう、栄三の旦那に取り次いでもらうように頼んでみてはくれないかい。皆から少しずつだが金を集めてきたんだ」

とにかく三両の金を又平に手渡した。

「こっちの胸の内がすっきりとすれば、その時はまた金を集めて礼をするから……」

「へい、承知いたしやした。まあ、うちの旦那のことでやすから、まずお断りすることはありますまい……」

又平は取次屋の番頭としてこれを受け、その夜はおさよと宮本小次郎も交えて蛤で一杯やると、勇躍水谷町へと戻ったのである。

「ふッ、ふッ、近頃は商売繁盛だなあ……」

これを又平から聞いた秋月栄三郎は、笹田剛蔵への興味も相俟《あいま》って、早速取次屋として動き始めた。

曽根平助という存在が知れたのだ。笹田が〝平〟印《じるし》の鈍刀を何振りも買っているとなれば、早晩また買い求めるに違いない。

笹田の動きを見れば、浅草界隈《かいわい》の質屋でひと働きした後、また同じ手口でここから遠く離れた質屋を巡《めぐ》り、三両を稼ぐつもりではないだろうか——。

いずれにせよ、そのうちに笹田を見つけられるであろう。

——大事なのは、笹田の正体を突き止めてからいかに近付くかだな。

栄三郎はそう見ていた。

そして思った通り、笹田剛蔵の姿をその目で見るのにいくらも時はかからなかったのである。

曽根平助は湯島五丁目の表長屋に住居を構えていた。

元は箱屋が住んでいた所で、刀に拵えを施《ほどこ》したり、研いだりするのにちょうど好い仕事場があるのが気に入っている。

しかし刀はここでは売らずに、大体の場合は小石川伝通院《でんづういん》の門前に露店を出すことが多い。

外の広々とした所で刀を見せる方が光り輝いて見え、客もまた勇壮な気分になり、購売の意欲があがるのだという。

さらにこの辺一帯は武家屋敷が甍《いらか》を争い、その中には貧乏旗本も多いので真に好い販売場所なのである。

早速栄三郎は手習いが休みの日の朝早くから、きっちりと袴《はかま》をはいて袖無《そでな》しを着た剣客《けんかく》然とした姿となって、門人・雨森《あまもり》又平を伴って伝通院門前へと出かけた。

あらかじめ曽根平助の露店の場所は聞いてあったので、参道の片隅で刀剣を商《あきな》う四十絡《がら》みの浪人風体《ふうてい》の男が彼であることはすぐにわかった。

「いやいや、某としたことがとんだ了見違いであった……」

栄三郎は、刀を五振りばかり台に並べ黙然と座っている曽根の前へと屈《かが》み込むや、実に親しげな声をかけた。

「はて……」

曽根は小首を傾《かし》げた。あまりに人懐《ひとなつ》こい笑顔を剣客らしき武士から向けられていささか当惑したようだが、たちまち栄三郎の人となりに惹《ひ》かれたようで、

「おもしろそうな御仁《ごじん》が来てくれたものだ……」

と、その目は語っている。

刀を売る者はそれなりに勿体《もったい》をつけていなければ、安物の刀がさらに怪しいものになる——などと思うゆえにここでは黙然としているが、実は曽根平助、話好きなのに違いない。

栄三郎はそれを瞬時に見極《みきわ》め、

「ああ、これは無躾《ぶしつけ》でござったな……。実は某、人に剣術を指南する者で、門人の型の稽古用に手頃な刀を求めておりましてな。以前からここを通りかかった折に、貴殿が並べる刀に目をつけていたのでござるよ」

と、続けた。

「ほう、左様でござりましたか……」

曽根の口許が綻《ほころ》んだ。

「だが、二分とはあまりに安い。どうせ大したものでもなかろうと通り過ぎていたのでござるが、評判を聞き及ぶとさにあらず。この刀は〝鈍刀正宗《まさむね》〟と評されるものとか？」

「〝鈍刀正宗〟……。これはおもしろい。なるほど、今度からそう呼んでみましょう」

「まず一振りいただきましょう」

「忝《かたじけの》うござりまする」

「あのお人のように、さっさと買《こ》うておけばよかった……」

「あのお人とは？」

「いや、通りすがりに何度かお見かけした方で名も存ぜぬが、顔が四角で目が糸のように細い……」

「おお、それならば伊沢《いざわ》殿に違いござりませぬ」

「伊沢殿と申されるか」

栄三郎は内心ほくそ笑んだ。笹田剛蔵は、他の質屋では名を変えていたが、その中に伊沢と名乗ったところが二軒あったのだ。

「さぞかし刀の見立てに秀でておいでなのでござろうな。一度、御高説を伺いたいも

「のじゃ」

思わず弾んだ言葉に、曽根も楽しくなってきたのであろう。この新たな客に何かしてやりたくなったか、

「明後日、目白《めじろ》不動においでなされませ。伊沢殿にお引き合わせいたしましょう」

と、伊沢某の情報を栄三郎に伝えた。

曽根の話によると、毎月の初めに曽根は参詣《さんけい》を兼ねて目白不動門前に店を出すのだが、そのことを知った伊沢は、

「それならば、これからは毎月目白不動にて刀を見せてもらおう……」

となって、二月《ふたつき》前から伝通院には姿を見せなくなったという。

「左様でござるか、道理でこのところはこの伝通院の参道でお見かけいたさぬと……」

これに栄三郎は咄嗟《とっさ》に話を合わせて、

「折が合えば目白不動へも参ろうと存ずる……」

そう言うと、二分で買い求めた〝鈍刀正宗〟を手にその場を立ち去った。

まず笹田剛蔵が曽根から刀を仕入れていることは明らかとなったし、月初めに目白不動に決まって来るとなれば造作《ぞうさ》もない。

栄三郎は今日の成果に満足したが、

「どうして目白不動に買いに行くようになったんでしょうねえ……」

又平はそこが気になるようだ。

「笹田か伊沢かわからねえが、そ奴は貧乏旗本なのかも知れねえな……」

栄三郎はそう分析した。

伝通院と目白不動はさして離れていないが、環境は大きく違う。

伝通院は徳川《とくがわ》将軍家初代家康《いえやす》の生母・お大《だい》の方《かた》の墓がある巨刹《きよさつ》で、周囲には旗本屋敷が建ち並んでいる。それに反して、目白不動の周囲は寺院ばかりで、その外も町家から成り立っている。

つまり、ここで動く方が人目につかないで済むからではないのか――。

笹田剛蔵は浪人のように見えたというがそれこそ方便で、実際は金に困った徳川直《じき》参《さん》の仕業《しわざ》ではないのかと、栄三郎は〝丸友〟の友蔵から話を聞いた時から思っていたのである。

直参であれば、その場を何とか逃げ切れば、後で何と疑われようが他人の空似で当主も迷惑をしていると強弁し、知らぬ存ぜぬで済まされるであろうし、町方《まちかた》も深くは追うまい。

貧窮《ひんきゅう》にあえいでいる旗本・御家人の中には、これくらいの悪事に手を染めている者も少なくはないから困ったものなのである。

この辺りの読みもぴたりと当たった。

三月となり、桜に世間が浮かれる頃。

又平は噂《うわさ》の笹田剛蔵を目白不動に見た。

「伊沢さんには敵《かな》いませぬな。いつも鈍刀の中でも好いものを持って帰られる」

曽根の言葉通り、正午過ぎに現れて伊沢の名で二振りを三分に値切って買い取り、曽根に溜息《ためいき》をつかせたのであるが、四角い顔の中の糸のような目はまさしく友蔵が言っていた通りの面相であった。

「いやいや、こう値切ってばかりで申し訳ないのだが、何分某に刀を買ってきてくれと頼んでくる者は、皆貧乏人ばかりでな……」

しかし曽根との会話をそっと聞くに、この浪人風の男の喋《しゃべ》り口調は終始朗《ほが》らかで、人の好さが滲《にじ》み出ていた。

「そういえば先だって、伊沢さんが刀を買われる様子を見て感心したという御仁が来られて、一振り買って下さいました」

「某が刀を買う様子を……?」

「はい、お名前をお訊ねすればよろしゅうございましたな。伊沢さんのような楽しいお方で、どこぞで剣術指南をされているとか」

「ほう……」

「一度、伊沢さんに目利きの極意を教えてもらいたいなどと仰《おお》せでござったゆえ、この場をお教えいたしたが、生憎《あいにく》参られぬようにて」

「左様か、それは残念。だが今度会うことがあれば、目利きの極意などとはおこがましい、某などには構わぬがよろしいとお伝えしてくれ……」

笹田と思《おぼ》しき浪人風は、自分が刀を買う様子を見て感心していた者がいると聞いた瞬間、少し戸惑《とまど》いの色を四角い顔に浮かべたが、すぐに笑いとばしてその場から立ち去った。

又平は待ってましたとばかりにあとをつける。

今日の姿は武家屋敷街を歩くと想定して、風呂敷《ふろしき》包みを手にした武家奉公人風に装《よそお》っている。

鈍刀の中でも良品を見極める目を持つほどの男であるから、武芸の腕も立つのであろう。

又平は慎重に尾行に努めたが、秋月栄三郎の剣友・松田新兵衛のような恐ろしい気は発散しておらず、意外に大らかな様子に思われた。

今の又平の腕をもってすれば大したことはなかった。

笹田は神田上水《じょうすい》沿いに南東の方へと歩き、牛込水道町《うしごめすいどう》の通りをさらに進み、市ケ谷《いちがや》へと向かった。

——やはり、うちの旦那の言った通りだ。

道中、笹田は編笠《あみがさ》を目深《まぶか》に被《かぶ》り、人目を避けるように武家屋敷街を小走りに行くと、火之番《ひのばん》町と言われる辺りで一軒の屋敷へと姿を消した。

人気《ひとけ》のないのを確かめると、又平はその屋敷へ足早に近付いた。

長屋門こそ構えていないが、冠木門《かぶきもん》に板塀《いたべい》が続く屋敷は二百坪くらいはありそうだ。

——まず百五十石《こく》取りといったところだな。

渡り中間《ちゅうげん》をしていた又平には、この辺りの武家の事情は手に取るようにわかる。

——台所事情はあんまり楽でもねえようだ。

そっと門の前に立って耳を澄ますと、

「殿、そのようなお姿で外出をされては当家の面目《めんもく》にかかわりまするぞ……」

という声が聞こえてきた。

老人の声であった。長年仕《つか》える少し口うるさい家士のようだ。

「これでよいのだ。身なりに気を遣うと供揃えもいる。忍び歩きが何よりだ……」

そして笹田、伊沢と名乗る男の声が遠ざかっていった。

――なるほど、身なりを整えれば供揃えもいるか。しけた話だ。

いずれにせよ、友蔵の質屋で強請を働いた男がこの屋敷の主であることは間違いない。

又平はゆっくりと門から離れた。

あとはこの屋敷の主が誰かを確かめるばかりだ。

それもまたわけのないことである。調べてみると、小普請《こぶしん》組百五十石・大貫慶次郎《おおぬきけいじろう》という旗本であった。

三

「う〜む、左様でございましたか……。百五十石とはいえ直参の御旗本となりますと、これは泣き寝入りをするしかございませんな……」

又平の調べはすぐに田辺屋にて報告がなされ、友蔵を大いに落胆させた。

「友蔵、そんなことは、ちょっとした災難に遭ったと思ってすぐに忘れることだ……」

宗右衛門は、この報告によってまた秋月栄三郎と又平を招いて一杯やれるので、少しばかり浮かれた様子で友蔵を慰《なぐさ》めた。

友蔵はそれが悔しくて、

「宗右衛門、お前は大店の主に納まって商人の心を忘れてしまったようだな。商いの上で損をしたならともかく、騙《だま》されて金を取られたというのは商人の恥だ。おまけに嫌な想いをさせられるのは商いにかかわるから、二度損をしたのだ。これが容易《たやす》く忘れられるものか」

と嚙《か》みついた。

宗右衛門はそういう友蔵がおかしくて、

「といって仕方あるまい。お前はきっちりと質草を取った上で三両を渡したのだ。これはともかく商いとしてまとまったわけであるから、文句は言えまい」

「文句は言える。あれは集《たか》りだ」

「ならばお上に訴え出るか」

「いや、それは……」

「御旗本は町方では相手にならぬゆえに、伝手《つて》を頼って御目付《おめつけ》様に申し出るか。だが、百両強請《ゆす》られたというなら申し上げようもあるが、こんなしけた話をお聞き届け下さるはずもない。かえってお叱りを受けて、また嫌な想いをさせられて損をするぞ」

「わかっておるわ」

「わかっているなら、すぐに忘れてしまうことだな……」

宗右衛門は、日頃口うるさく、自分を言い負かすことに生き甲斐《がい》を見出《みいだ》している幼馴染《おさななじ》みをやり込めてニヤリと笑った。

「う〜む……！」

友蔵は、またもがくりと肩を落として宗右衛門をニヤつかせたが、

「まあ、田辺屋宗右衛門のような大店の主となれば、三両やそこいらの商いで騒げばかえって損をするというところか。ふん、金持ちはこれだから嫌いだ……」

負けず嫌いの友蔵は、それでもなお憎まれ口を利いた。

栄三郎はそんな旧友二人のやり取りを楽しそうに見ていたが、

「とはいえ、騙り者の正体が旗本であったと知れたゆえに諦《あきら》めてしまうのも、何やら傍痛《かたわらいと》うござるな……」

やがてぽつりと言った。

「さすがは栄三先生だ。まったくその通りですよ。金のことなどもういいが、わたしの店だけならともかく、大貫慶次郎とかいう騙り者は何軒もの店で同じことをしている。せめて一矢《いっし》報いてやらぬと江戸っ子の名折れだと、わたしは思うのですよ」

その言葉にまた友蔵は勢いづいた。

「まあ、又平から様子を聞くと相手は貧乏旗本……。金に困ってやらかしたのでしょうが、このまま無理を通していいものじゃあありませんよ」

「それに一矢報いるのが取次屋だというわけで……」

宗右衛門は友蔵には諦めろと言いながらも、栄三郎が幼馴染みの敵《かたき》を取ってやろうと立ち上がるのを心の内では待っていたようだ。嬉《うれ》しそうな表情で栄三郎を見てゆったりと頷《うなず》いた。

「ふッ、ふッ、これで終わってしまえば、こちらも三両とはいささかもらいすぎですからねえ。それに、その大貫慶次郎という男、何やらおもしろそうですよ……」

栄三郎は宗右衛門と友蔵の顔を交互に見て、不敵な笑みを浮かべた。

そこへ酒肴《しゅこう》の仕度《したく》が出来たと告げにきたお咲が、その様子を見て大きな息を吐いた。

近頃は岸裏道場に通うことで、愛《いと》しい松田新兵衛と日々顔を合わせ、その手ほどきを受けるという至福の時を送っているお咲であるが、栄三郎の取次をたまには手伝いたくてうずうずとしているのである。

栄三郎と又平は大貫慶次郎についてあれこれと調べにかかった。

栄三郎は「武鑑《ぶかん》」を読み、又平は親友の駒吉《こまきち》と二人でかつての渡り中間仲間を方々当たってみた。

駒吉は水谷町の手習い道場裏手にある〝善兵衛《ぜんべえ》長屋〟の住人である。又平とは軽業《かるわざ》一座にいた頃からの付き合いで、共に渡り中間をしていたことがあるので二人で手分けをすれば手間が省《はぶ》けた。

これらの調べからわかったところによると、大貫家は徳川将軍家初代家康が江戸に本城を構えた折に召し抱えられた由緒ある家柄で、それ以前は関東の戦国大名・北《ほう》条《じょう》家に仕えていたという。

大貫慶次郎はこの当主であるが、元は五十俵《ぴょう》取りの分家の穀潰《ごくつぶ》しで、運好く本家の婿《むこ》養子となった。

妻の梅女《うめじょ》は評判の器量好しであり、入り婿を希望する者は次男坊三男坊の中では多かったのであるが、決して顔立ちが好いとは言えない慶次郎が選ばれたのは、彼が馬庭念流の遣い手であったからだという。

「旦那、おもしれえ話があります……」

さらに駒吉がそう言って仕入れてきた話は興味深いものであった。

一時は又平と疎遠になり、深川の凶悪な香具師《やし》の手先と成り果てていた駒吉は、又平と再会したことで秋月栄三郎によって真っ当な道に戻れた。

それ以来、彼もまた栄三郎を慕うようになり、今は瓦《かわら》職として暮らす身の上であるが、何かというと取次屋の仕事を手伝いたがるようになっていた。

今度の調べでも大いに張り切っていたのである。

「聞くところによると、慶次郎っていう御旗本は、かわいそうなくれえ嬶《かか》ァの尻《しり》に敷かれていて、もう召使いのようになっているってえますぜ」

「ほう、そうなのか……」

栄三郎はこの話に食いついた。

又平が大貫慶次郎の正体をつきとめたものの、栄三郎はまだその姿に触れていなかった。

又平が栄三郎に報《しら》せた様子では、慶次郎の風貌《ふうぼう》は〝丸友〟の友蔵が言っていたように古武士然としていて、意外やその人柄は飾り気がなく、おもしろ味のある男に見えたという。

そのような男が質屋を強請る理由は何なのであろう。しかも、三両さえ出せば、

「忝い……」

と言って帰っていくのであるから、本来は人の好い男が、止《や》むに止まれず悪事に手を染めているのではないか――。

そんなことを考えていただけに、大貫慶次郎が恐妻家であるというのは真におもしろい話である。

「駒、そいつは何かい、婿養子ゆえ奥方に頭が上がらねえって様子かい」

「いえ、大貫の家は舅《しゅうと》、姑《しゅうとめ》が死んでもうおりやせんから、それほど気を遣うこともありやせん」

「うむ、それはそうだろうな……」

「ヘッ、ヘッ、殿さんは、どうも梅っていう奥方にぞっこん惚《ほ》れちまっているようなんですよ……」

「なるほど、奥方が好い女で入り婿のなり手はいっぺえいたというが、そんなに好い女なのかい」

「へい。鼻筋がすっと通っていて、色が白くて、口許がちょっとぽってりとしていて、そりゃあもう好い女なんで……」

「何でえ、お前見たのかよ」

「へい、どうにも見たくなりやして、隣《となり》の屋敷の屋根にひょいと登りやしてね。こう屋根を直しているふりをして覗《のぞ》き込んでやったのでございます」

「無茶なことをするんじゃねえよ」

「ヘッ、ヘッ、心配いりやせんよ。貧乏旗本の屋敷には、番をする犬だっておりやせんから」

「将軍家をお守りする身が、何とも情けねえ話だな……」

「まったくで。いやとにかく、あんな好い女が嬶ァなら、尻の下に敷いてもらいてえってもので……」

駒吉はうっとりとして言ったものだ。

「ちッ、勝手なことをしやがって……」

先を越された又平は少し悔しそうな顔で駒吉を見てから、

「この悔って奥方はなかなか気が強くて、高慢ちきな女だそうで。夫婦の間には娘が一人。奥方は、この娘を美しいお姫様に仕立てようと躍起になっているようですぜ……」

と、新たな情報を栄三郎に伝えた。

「ふッ、ふッ、そうかい。何とはなく見えてきたな……。駒、お前は夫婦が一緒にいる様子は見たのかい」

「いえ、奥方一人のところしか見ちゃあおりやせん」

「そうかい……」

栄三郎は満足そうに頷くと、

「又平、今度はお前の番だよ……」

又平に大貫屋敷への潜入を命じたのである。


又平は、早速いつものように植木職の姿となって市ヶ谷へと向かった。

江戸は日増しに暖かくなり、桜も見頃となってきた。

時刻は夕方、鮮やかな夕日が射《さ》す台地の道に、ちらほらと桜の花片が舞っている。

——花は桜木人は武士か。

建ち並ぶ古ぼけた武家屋敷を見回すと、又平はふっと笑って、目当ての屋敷の周囲を少しばかりうろついた後、たちまち塀の上に飛び乗って身の隠し場所を探した。

かつて覚えた軽業の術は相変わらず身についている。幸い眼下によく繁《しげ》ったさつきが植わっている。手入れがされていないのがさらに好い。

又平の体はその陰にと収まった。

奥座敷からは娘の貞《てい》が弾《ひ》いているのであろう、琴の音《ね》が聞こえてくる。

やがて庭に面した書院に人影が映《うつ》った。

又平は素早く縁の下へとその身を移した。

書院では奥座敷から出てきた奥方の梅が、夫の大貫慶次郎に何かを申し渡しているようである。

小さく聞こえくるその声は凜《りん》としていて、やや甲高《かんだか》い響きに気位の高さが窺《うかが》われた。

これに対する慶次郎の声はどうも冴《さ》えない。とにかく優しげで穏《おだ》やかで遠慮がちなのである。

夫婦は娘のことで話し合っていたようだ。

その内容に聞き耳を立ててみると、貞の琴の稽古についてのことである。

「お琴を新しく調《ととの》えます。まず三両ばかり用意して下さりませ」

と、梅。

「三両……」

と、言ってしばし慶次郎は沈黙の後、

「今年に入って買い換えたばかりではないか」

「なんと申されます」

梅の冷やかな声――。

「いや、今の琴の音でも十分に美しいと思うがのう」

宥《なだ》めるように慶次郎が返す。

「あなたにお琴の音がおわかりになるのでしょうか」

「それはまあ、少しくらいは……」

「少しでは話になりませぬ。この度《たび》お稽古をつけて下さる先生がお勧めになられるものを、嫌だとは申せませせぬ」

「先生が替われば琴も変わるのか」

「何事も先生のお言葉に従わぬと上達が望めませせぬ。貞には好い婿に来てもらわねばなりませぬゆえ……」

梅はぴしゃりと応《いら》えを返し、婿選びを間違えるとこのようになるのだと言わんばかりである。

だが、慶次郎は怒りもせず、

「うむ、それはわかる。わかるが、三両というような金はすぐに用意できぬ。少しの間は今の琴で稽古は……わかった……できぬのだな……」

だらしのないことこの上ない。

「はい、できませぬ。あなたは、一度お稽古に出向けば一両くらいの金子はわけもなく手に入るのではございませせなんだか」

「まあ、それは……」

「とにかく御用意願います。それが叶《かな》うまではわたくしの傍《そば》へはお寄り下さいますな……」

「おい、梅……、そんな殺生《せっしょう》なことを申すではない。これ、梅……」

又平の頭上で、つつッという梅が立ち去る足音に続いて、それを追う慶次郎のそれがどたどたとした。そして夫婦の会話も又平の耳から遠ざかっていったのである。

「う〜む、口は禍《わざわい》の門《かど》と申すが、余計なことを言ってしまった……」

四

翌朝。

大貫家屋敷の井戸端で、朝の素振り鍛練《たんれん》の汗を拭《ぬぐ》いながら大貫慶次郎はつくづくと言った。

大貫家の婿養子になることは慶次郎にとっては憧《あこが》れであった。

五十俵取りの家の次男坊が、本家筋の百五十石取りの旗本になれる。しかも妻になるのは美しい梅なのであるから。とはいえ、家格違いの縁組は認められぬのが武家社会の掟《おきて》であるから、縁戚とはいえ諦めていた。

だが、梅の父・大貫定右衛門《さだえもん》は、長年の小普請から脱却してくれそうな婿を広く求めたいと支配にかけ合い、慶次郎を候補に加えた。

というのも、定右衛門が見渡したところ、婿養子にもらい受けたいような若者はほとんどなく、容姿は美しいとはいえないが剣術に打ち込む慶次郎を、

「なかなかの者である」

とかねがね見ていたのである。

実際、慶次郎は小石川の樋口《ひぐち》十郎兵衛《じゅうろべえ》道場で剣を修め、その努力は師も認めるところのものであった。

それで時折、師の供をして出稽古を務め、一両の謝礼をもらったこともあった。

慶次郎は自分が梅の婿候補にあがっていると知って狂喜し、このことを強調した。

するとそれが功を奏し、

「慶次郎は、いざという時には甲斐性《かいしょう》がある……」

定右衛門はそう言って梅を納得させ、慶次郎を婿としたのであった。

慶次郎は天にも昇る想いであった。

そして婿入り後も剣術に励んだが、定右衛門は出稽古の謝礼を家計の足しにすることなど今は考えなくてもよいと言って、何とか役付きになれるようにと慶次郎を引き回してくれた。

実はこの時、定右衛門は趣味の盆栽が好い内職となり、大貫家は内福であったのだ。

しかし定右衛門の願いは届かず、慶次郎の役付きが叶わぬまま病に倒れ、呆気《あっけ》なく帰らぬ人となった。三年前のことであった。

既《すで》に家督を継いで大貫家の当主となっていた慶次郎であったが、ここからが苦労の始まりとなった。

盆栽の内職は定右衛門あってのものであったから、大貫家の台所事情はたちまち苦しいものとなった。

定右衛門によって大事に育てられた梅は浪費家で、特に娘の貞には稽古事を惜《お》しまずにさせ、衣裳調度にも気を遣ったからである。

その上に、旗本の体面を保つためには家士、奉公人も最低限は置かねばならないから、副収入がないと百五十石の禄《ろく》では到底やっていけない。

定右衛門に先立ってその妻女は亡くなっていたから、梅に意見をする者は誰もいない。元より慶次郎は養子の弱味と、美しい妻に惚れた弱味とで、梅の言うことには逆らえなかったので、暮らし向きはますます苦しくなった。

慶次郎は定右衛門が残した盆栽や、書画骨董《こっとう》の品を密《ひそ》かに売り払い、梅の要求に応えたが、それもやがて底をついた。

さすがに慶次郎も梅に倹約を求めたが、

「あら、わたくしは無駄なことに金子を使った覚えはありませぬ。父上がお亡くなりになったとて、当家の主は甲斐性のあるあなたではありませんか。何とかして下さりませ……」

と切り返されると、もうそれ以上は何も言えなかった。特に梅は、慶次郎と一緒になったのは、出稽古で一両を得られる彼の甲斐性を買ってのことなのだ。今さら何だという想いが強い。

これを言われると慶次郎は辛《つら》い。確かにそんなことを言ったが、出稽古で一両の謝礼をもらったのはほんの数度で、これは入り婿の運動をする上での方便であった。

おまけに役付きの運動をするうちに剣術の稽古も怠《おこた》りがちとなり、今でもたまに代稽古などの声もかかるが、すっかり腕も鈍《なま》ってしまった自分に一両包む所などまずない。

だが、慶次郎にとって梅は神であり、恐ろしく、抗《あらが》えない存在になっていた。出費を削《けず》ることなどできず、金子が入用《いりよう》なら、何としても作らねばならぬようになっていた。

それゆえに、つい悪事に手を染めた。

質屋を強請ることは、伝通院の参道で曽根平助の売る刀を見た時に思いついた。

質屋の様子を窺い、人気《ひとけ》もなく、用心棒なども控えておらぬと見れば入ってみた。

脅しをかけて質入れすると、三両ならば思いの外《ほか》容易く出してくれた。

同じ店に二度と行かないつもりなら、少しは質屋巡りができるであろう。

仕入れ値が一分から二分。曽根平助が売っている打刀は鈍刀ながらも使えぬものではない。中には見分けがつかず、疑いを抱《いだ》かなかった質屋もあるくらいだ。

これで利は一度に二両二分か三分——。既に六軒ばかり質屋を回ったので十五両くらいの金を稼ぎ出した。

それでも着物代や稽古の謝礼、束脩《そくしゅう》に加えて、近頃梅は芝居に夢中で、女中一人を従えて微行で町へ出かけるから、そんな金は右から左へと消えてしまう。

「やればできるではありませんか……。やはりあなたは甲斐性者ですねえ……」

しかし、金を作れば梅は閨《ねや》で慶次郎を称《たた》え、年々ふくよかでむっちりとしてきた体を寄せてきて、甘い吐息をかけてくれる——。

慶次郎は稼がねばならないのだ。

今は質入れ用の刀が二振りに、手持ちの金が二両二分ある。

——質屋通いは少し間を空けたいが、三両にはちと足りぬ。

仕方がないかと思い定めた時、

「殿、御客人にござりまするが……」

家士が来客を告げた。

「はい。気楽流剣術指南・秋月栄三郎という御方にござりまする……」

「客?」

大貫屋敷を訪ねた秋月栄三郎は、

「某は京橋水谷町にて、町の物好き相手に剣術の手ほどきなどをしている者でござりまするが、これが近頃上達が著《いちじる》しく、お恥ずかしい話でござりまするが、その、某だけでは物足りのうなってきたのか、色々な流派の方に習《なろ》うてみたいと申しまして。それでまあ、まず大貫先生に出稽古をお願いできぬかと訪ねて参った次第にて……」

と、こう切り出した。

「なるほど、出稽古をのう……」

慶次郎は訝《いぶか》しみつつも、出稽古と言われて心が動いた。その上に、秋月栄三郎という男の飾らぬ人となりがすっと心の内に溶け込んできて、妻の顔色を見て暮らす日々の屈託が和《なご》んだのである。

人が好く、剣もなかなかに遣うのだが、どういうわけだか弟子達に軽んじられる――。

そんな剣客をかつてよく見たものである。

慶次郎が剣術稽古に明け暮れていた頃の郷愁を呼ぶほどに、栄三郎は〝そんな剣客〟を見事に演じていた。

「して、何故この大貫慶次郎を訪ねて参られたのかな」

「某、他流の御仁にはまるで面識がなく、やっと馬庭念流に相田善六《あいだぜんろく》殿がいるだけでございまして……」

「ほう、相田善六……。懐かしゅうござる。彼《か》の者と交誼がござるか」

「はい、何度か型を教わりました」

「今はどうしておりまする」

「今年に入ってから、廻国《かいこく》修行に出られたとお聞きしております」

「ほう、我らのような宮仕えの身では、廻国修行などできるものではない。ふッ、ふッ、善六め、羨《うらや》ましい限りじゃ。して、相田善六から身共のことを……」

「いかにも、以前から何度か御名を伺っておりました。それゆえ、御屋敷をお訪ねすれば必ずお会いできるであろうと存じまして」

「左様か……」

栄三郎は相田善六とはほとんど面識はなかった。馬庭念流となれば師・岸裏伝兵衛と交誼があり、その縁で栄三郎とも親交が深い竹山国蔵がいる。

それで国蔵を小石川片町の道場に訪ね、大貫慶次郎の名を問えば、国蔵はその名を覚えていて、

「確か我が門人の中に、親しかった者がいたようじゃ……」

と、樋口十郎兵衛門下から移ってきた数名の弟子の名を挙げてくれた。

その中で、相田善六が旅に出ていると聞いて、名を使わせてもらったのである。

もちろん、大貫慶次郎が騙りをしているとの事実を竹山国蔵には一切《いっさい》知らせていない。

たまたま町で出会ったところ、剣の話になったと伝えた。

「あの男は武骨者で稽古熱心であったと覚えているが、そうか、そのような器量好しの入り婿となったか……」

国蔵が手放しで喜んだ様子を見てもわかるように、やはり大貫慶次郎は元からの悪党でもなさそうだ。何とか内々に収めて、友蔵達質屋の衆の気が済むようにしてやりたいと栄三郎は思っている。

そして、今日大貫屋敷を訪ねて慶次郎の飾らぬ様子に触れ、その考えは確かなものとなっていた。

「相田善六からの話となれば伺わねばなりませぬな……」

慶次郎はすっかりと栄三郎を信用したようだ。あとは謝礼がいくらか知りたくて仕方がない様子はすぐにわかる。

「つきましては、礼金として一両を御用意しておりますが、いかがでございましょう」

栄三郎の提示に、一瞬慶次郎の鼻が少し膨《ふく》らんだ。

「いや、久しぶりに出稽古への誘いをもらったのだ。礼金などいくらでもようござるわ」

——これで琴《の》が買える！

という言葉を呑み込んで、大貫慶次郎はそれからとにかく秋月栄三郎を手厚くもてなして、その日の内に水谷町へと向かったのである。

五

剣の腕も随分と鈍ってきた自分が、見知らぬ道場で指南することに多少の不安はあった。

しかし、背に腹はかえられない。

大貫慶次郎はまず手付の二分を懐《ふところ》に収めて、緊張を漂《ただよ》わせながら京橋への道を栄三郎と共に歩んだ。

今日もまた、一人の剣客として参るのだと家士に告げ、供は連れずに出た。大貫家の奉公人達は皆、梅に飼い慣らされている。何かおかしなことになって、それを告げ口されるのを恐れたのだ。

だが、栄三郎の巧みな話術によってその緊張はすぐに解けた。

指南する相手は町人二人で、そのうちの一人は女というのだ。

「これが金持ちの娘でござりまして、某としてもあれこれ無理を聞いてやらねば身が立ちませせいで……。真にせちがらい世の中でござりまする」

「なるほど、道楽に付き合わされる身は辛いが、教えを請う者を無下にもできぬ」

「先生程の御方をこのようなことに……。どうぞ無礼をお許し下さりませ」

「何の、相田善六は剣友でござるよ」

まんまと一両手に入れられる。その道楽者の娘の指南はこの後自分がしたいくらいだ。気楽流の岸裏伝兵衛は大した剣客であると聞くが、秋月栄三郎という名は聞いたことがない。さぞかし世渡り上手で道場主となったのであろう。それならそれで今後付き合いを続けておけば、また儲《もう》け話にありつけるやもしれない——。

慶次郎の胸は膨らむばかりで、

「後で某の友が一人、是非お手合わせを願いたいと申しておりまするが……」

栄三郎の問いかけにも、

「うむ、心得た……」

と快諾し、勢いが出てきた。

しかし、水谷町の手習い道場に待ち構えていた二人の町人とは、又平とお咲であった。

ここへ住みついてから又平がそれなりに剣術の腕を鍛えている以上に、お咲は既に男を凌駕《りょうが》するだけの実力を身につけていることを慶次郎は知る由《よし》もなかったのである。

手習い道場に案内された大貫慶次郎は、馬庭念流の稽古法である袋竹刀《ふくろしない》に防具を身につけて、まず又平に稽古をつけた。

「秋月殿、なかなかそこ許《もと》は好い指南をしておりますぞ……」

かつては樋口十郎兵衛に目をかけられたほどの慶次郎である。さすがに立合において又平を寄せつけなかったが、物好きの域は超えていると、又平の腕を称えた。

しかし、ここからが、礼金ほしさにやって来た慶次郎が見事に秋月栄三郎の術中にはまっていく瞬間であった。

物好きの道楽で剣術をしていると思っていた娘が、慶次郎に猛烈なる打ち込みを仕掛けてきたのである。

女とも思えない、かといって男では繰《く》り出せぬ華麗なる技に慶次郎は瞠目《どうもく》した。さすがに彼も一廉《ひとかど》の剣士である。これを何とかしのいだが、

――これは只者《ただもの》ではない。秋月栄三郎め、これほどの女武芸者を育てるとは……。

弱いふりをしよったな。

冷や汗をかきながら、お咲との稽古を終えたのである。

強くなったとはいえ、師範代くらいの剣客にはさすがに歯が立たぬお咲であるが、ここまで凄腕の女を抱えているこの道場はいったいどういうところなのか、そう思わせるに十分な腕前を披露《ひろう》したのだ。

もちろん、それもこれも取次屋の仕事を手伝いたいというお咲の気持ちが生かされたわけであるが、その後、大貫慶次郎の背筋を冷たくしたのは秋月栄三郎が、

「是非お手合わせ願いたいと申しておりまするが……」

と、道中語った友であった。

その友は松田新兵衛で、お咲との稽古が終わったくらいに現れて、

「お手合わせできるとは光栄に存じまする……」

恭しく一礼して慶次郎と対峙《たいじ》したのだ。

──松田新兵衛だと。

気楽流のことはほとんど知らなかった慶次郎であるが、岸裏伝兵衛門下に恐ろしく強い男がいると聞いたことがある。

──確か、それが松田新兵衛ではなかったか。

それは互いに構え合った瞬間にわかった。

「ええいッ！」

そして打ち合った時に確かなものとなった。

とにかく強い──慶次郎は為《な》す術《すべ》もなく打ち込まれて、どっちが指南に来たのだかわからない状態になってしまった。

「これまでといたしましょう……」

やがて新兵衛が一礼をして引いた途端、冷や汗がどっと噴《ふ》き出したのである。

「大貫先生、まずはこれへ……」

半《なか》ば放心している慶次郎を、秋月栄三郎は小さな稽古場と細い土間で仕切られている自室へと招いた。

ただ二人になって、栄三郎は約束の後金を差し出すと、

「大貫先生にもうひとつお願いがござりまする……」

慶次郎を真っ直《まっす》ぐに見た。

とにかく一両の仕事は済んだと、慶次郎は金を収めて一息ついて、

「いや、身共はどうも今日は体調が優れぬゆえに、これにて退散いたそう。だらしのない指南で痛みいる……」

これほどに強い剣友がいるというのに何故自分をここへ呼んだのかを思うと、慶次郎は何やら怖くなってきて、まずここから逃げ出したくなった。

そそくさと立ち上がろうとするのへ、

「お待ち下され。この願いはどうあっても聞いてもらいますぞ」

栄三郎は鋭い言葉を放った。

「えいッ！」

稽古場から松田新兵衛がお咲と又平に稽古をつける声が聞こえてきた。

「な、何でござろう……」

慶次郎はすっかり腰砕けとなった。

「この刀を質屋から請け出してやって下され」

栄三郎は背後に置いてあった風呂敷包みから六振りの刀を取り出して見せた。

「そ、それは……」

慶次郎は驚愕《きょうがく》した。それらはまさしく先般彼が質入れして三両せしめた代物であった。

「知らぬでは済まされませぬぞ。曽根平助殿をこちらへ呼べば、貴殿が伊沢と名乗って刀を買い求めていたことは明白。そしてこの刀には、どれにもこの刻印がなされております」

栄三郎はその内の一振りを抜いて目釘《めくぎ》を外し、茎に刻まれた〝平〟の印を見せた。

「むッ……」

慶次郎はそこまで刀を確かめなかった不覚を今知った。

「貴殿は直参旗本。無礼者めと言い逃れられぬこともござるまい。だが、そうなれば、某も質屋の主達に成りかわり、この一件を樋口十郎兵衛先生にも竹山国蔵先生にもお報せ申し上げ、しかるべき筋に訴え出ることになりましょうぞ」

栄三郎は慶次郎の気を呑んでまくし立てた。

「ま、待て、待ってくれ……」

慶次郎は動揺した。

「やあッ！」

またも稽古場から新兵衛の声が聞こえた。新兵衛は栄三郎から質屋の一件を聞かされ、怪しからぬとばかりに友の願いに応えやって来たのである。

「今すぐ質草を請け出せとは申しませぬ。大事なことはどれだけかかったとて、必ず請け出そうというお気持ちでござる。その確約を下されば内証にて済ませましょう」

栄三郎は言葉に情を込めた。

「それは真でござるか……」

ついに慶次郎は観念した。すぐ隣には凄腕の松田新兵衛がいる。ここで暴れて屋敷へ逃げ込むことなどまず無理であろう。それに、下手に騒いでかえって表沙汰《おもてざた》になれば、吹けば飛ぶような大貫家百五十石の命運は尽きるであろう。

この場は秋月栄三郎という男の情けに縋《すが》ることが最良の策と思い定めたのである。

「八幡《はちまん》かけて誓いましょう」

栄三郎は慶次郎をしっかりと見た。

「ならば、その質草は、必ずいつか請け出すと誓いましょうぞ……」

慶次郎は、もはやこれまでと威儀を正した。

「その誓いの言葉を皆に聞かせてやって下さりませ」

これを聞いて栄三郎はにっこりと笑って、慶次郎を再び稽古場へと案内した。

すると、そこには既に松田新兵衛とお咲の姿はなく、又平に案内された〝丸友〟の友蔵を先頭に質屋の主達がぞろぞろとやって来ていた。

栄三郎は慶次郎に頷いた。

男ならば、剣士ならば、武士ならば、ここは思い切り好い謝りっぷりを見せてくれと、目でものを言ったのだ。

「質屋の主殿……」

慶次郎はそれに応えて友蔵達を見廻《みまわ》すと、

「此度《こたび》の我が不始末、真に申し訳なかった。許してくれ……、この通りだ……」

潔《いさぎよ》く手をついた。

「質屋の旦那方、この秋月栄三郎の取次はこれまでとさせていただきましょう。天下の御直参が非を認め、頭を下げなすったのだ。質草は何年たっても請け出すとのこと。これで了見してもらいますよ」

すかさず栄三郎が言った。

「旦那に言われて頭を下げたというのは気に入らねえが、まあ、非は非として認めて下さったんだ。よしといたしやしょう」

友蔵が真っ先に反応した。

気に入らないが、頭を下げた相手を許さないというのも男らしくない。ここは一番了見しましょう——友蔵の思いは他の質屋の旦那衆とて同じで、友蔵のこの一言で一同は溜飲《りゅういん》を下げたのである。

「忝い……」

これに対して、慶次郎はまた生真面目《きまじめ》に頭を下げた。こうされると、慶次郎のことが何やら憎めなくなる。

どうやら大貫慶次郎は婿養子で奥方に頭が上がらず、そのために無理をしてまで金を作らねばならなかったようだと、一同は予《あらかじ》め栄三郎から聞かされていたから気の毒になってきた。

「お噂を伺いましたよ、大貫様の奥方様がやたら金遣いが荒いと。お殿様は御養子の身ゆえそれに祟《たた》られたんじゃあねえかと、皆で話していたところでございますよ」

友蔵は根が気持ちのさっぱりとした人情家であるので、慶次郎に何か声をかけずにはいられなくなり、慰めるように言った。

この言葉に他の主人達も皆一様に同調した。

「いやいや、どのような内情があれ、此度のことは身共がいけなかったのだ……」

妻の噂を聞き及んでいることに驚いたが、慶次郎はそれでもなお、梅に惚れていたから妻を庇《かば》った。

これが江戸っ子達の心に火を点《つ》けた。

「とんでもねえ旗本もいるものだと思ったが、お話ししてみれば、お優しいお殿様じゃあございませんか。お殿様だって色々と胸の内に収めていらっしゃることもおありでしょう。これも何かの縁でございます。そのあたりの話をどうぞ聞かせてやって下さいまし」

友蔵達は身を乗り出した。

「いや、それは……」

慶次郎は思わぬ展開に戸惑ったが、

「大貫様、強く出られたらやり返したくなるが、頭を下げられると何かをしてあげたくなる……。それが町の人情というものでございますよ。余計なことかもしれませぬが、この後、大貫様はどのようにして奥方様と戦われるのか、それが心配でござりまする……」

ここで秋月栄三郎が静かに言った。

それからは、稽古場に仕出しをとって酒宴となった。

あれだけ怒っていながら、酒が入ると友蔵達は慶次郎にますます同情し始めた。素町人に頭を下げたのもわがままな奥方のせいではないか。見れば慶次郎は質素な佇まい。

「そういえば、酒を飲むのも久しぶりだ……」

そんな言葉が出るに及んで、一同の怒りはたかが百五十石の家の娘で、世間知らずにもほどがある梅に向けられた。

慶次郎もしたたかに酔い、熱い人情に涙さえ浮かべたが、それでも梅を悪く言えない。

「まあ、そう言うてくれるな。分家の穀潰しの身には高嶺《たかね》の花であった梅なのだ。それが畳のような顔をしたおれと一緒になってくれたのだ」

などと庇ったものだ。

――どうやら畳のような顔だと自分でもわかっているようだ。

栄三郎はふっと笑ったが、慶次郎はだらしがない。

「まあそれに、あの美しい梅が、時に閨でおれの鼻の頭をぺろりとしてくれるのだ。ぺろりとな。これをされるともう堪らぬのだ……」

怒りが惚気《のろけ》に変わってしまう。

「何を言ってるんですよう。馬鹿馬鹿しい、何がぺろりだ……。そのぺろりのために、わたし達から三両せしめたんですかい」

酒気が入って友蔵も遠慮がなくなってきた。

「それを言われると面目ない……」

慶次郎は再び真顔となった。

「あ〜あ、小糠三合《こぬかさんごう》ありゃ入り婿するなと言うが、お殿様には男の面目ってものがねえんですかい。これじゃあどの道、また質屋通いに逆戻りじゃあねえですかい……」

友蔵の嘆きに一同は相槌《あいづち》を打った。

「そうであった……。この先、梅を了見させねばならぬのであったな……」

そう言われると酔いも手伝って、慶次郎の胸の内に言いしれぬ怒りが渦巻いてきた。どうせこの先金も用意できぬとなると、〝ぺろり〟もしてくれなくなるのであろう。いっそ辻斬り強盗でもして家ごと失《な》くしてやろうか——そんなことをするだけの度胸もないのだ。かくなる上は妻と戦うしかない。

「よし！　このおれとて男だ。かくなる上は百五十石の家相応の暮らしをするよう、梅にきつく申し渡してやるぞ！」

ついに覚悟を決めたのである。

「それでこそ男でございますぞ！」

これを友蔵達が称えたのは言うまでもない。

結局、琴の新調などのために三両は用意しない。この先もわがままを通して、お前が良人《おっと》の言うことを聞けぬというならば、この場で意地を果たした後、腹かっさばいて御先祖にお詫びを致す――質屋を脅したのと同じ要領で迫ってみよう、その報告は明後日すると誓って、この日大貫慶次郎は屋敷へと戻ったのであった――。

しかし、そう意気込んだのも束《つか》の間《ま》、約束通り二日後にまた手習い道場に現れた慶次郎はすっかりと憔悴《しょうすい》していて、

「腹を切りたければいつでも切れ、娘のために三両の金も用意できない夫などいらない。まず、娘と見物いたそうと言われてしまった……」

と吐き出すように言ったものだ。梅は恐ろしい形相《ぎょうそう》で、

「はてその前に、意地を果たすと申されたが、意地を果たすとは何です。わたくしを成敗なさると申されるか。ほう、次男坊の穀潰しが旗本になれたは誰のお蔭とお思いか。さあ、それを仇《あだ》で返すならそれもよろしかろう、早《はよ》う成敗なされませ。斯様《かよう》な婿を迎えたのが身の不運でござりました。さあ、早う刀を抜いてお斬りあそばせ。日毎《ひごと》夜毎に化けて出てやりますから覚えていなされ……！」

と言ってそれは激しく罵《ののし》ったそうな。

いざとなれば女は肝《きも》が据《す》わる上に、弱者を装い詰《なじ》り出すので始末が悪い。結局言われっ放しで引き下がった慶次郎であった。

「だが、とにかく今の自分は、もう出稽古で一両の金を取れるほどの遣い手ではないと言ってやった。梅が何と言おうと、もうこの上はない袖は振れぬ。梅はそれならば一族の者と語らい、早々に貞に甲斐性のありそうな婿養子を迎えるゆえ、その折は身共に隠居をするようにと言い捨てて、それ以来口も利かぬ目も合わさぬありさまだ。何かくなる上は早《はよ》う隠居をしたいものだ。はッ、はッ、もう〝ぺろり〟も遠い夢だ。何か好い内職ができれば好いが、それももう疲れた。百五十石だ。台所は苦しゅうともつましゅう暮らせば何とか暮らせるものを……」

慶次郎はつくづくと言った。この先、妻子に相手にされず隠居の道へと進むだけの暮らしを思い、えも言われぬ寂《さび》しさが彼を包んでいたが、金に追われる日々から逃れた安堵《あんど》が慶次郎を穏やかにしていた。

「だが、質屋の皆からいつか質草を請け出す約束は忘れておらぬ。何卒、待ってもらいたい……」

今日もまた頭を下げる慶次郎を見て、

「そんなことはどうだって構いませんよ」

友蔵が堪らず言った。

「いくら御養子と言ったって、そいつはあんまりじゃありませんか。惚れた女房にも、手をかけて育てた娘にも、そっぽを向かれたままお暮らしになるのは無念じゃありませんか」

一同の者は例のごとくこれに相槌を打った。

「いや、これでよいのだ……」

慶次郎は思わず落涙した。僅《わず》かな奉公人まで梅に付いている屋敷の外に、自分の境遇を無念に思ってくれる者がいるとは――。

「いや、よくありませんね……」

ここでついに栄三郎のお節介が爆発した。

「大貫様がややこしいことに手を染めたのも、元はといえば奥様のわがままからでございましょう。それでここにいる質屋の旦那方は損をさせられているわけなんですよ。こいつは奥様にも償っていただきませんとねえ……」

「どうしようと申すのだ……」

不安な表情を浮かべる慶次郎に、

「なに、大貫様とわたしとで、奥様にちょっとした意趣返しをするのですよ」

栄三郎はそう言うと、不敵な笑みを浮かべた。そしてこの先話はあらぬ展開へと向かうのである。

六

「大貫様、抜かりはございませんね」

「ふッ、ふッ、栄三殿、任せてくれ。これでも馬庭念流の印可を受けた身だ」

「それはわかっておりますが、相手が相手だけに素早く参りませぬと」

「うむ、わかっておる。それにしてもおぬしはおもしろいことを考える。この大貫慶次郎に己が妻を攫《さら》えというのだからな」

「奥様は恐ろしい目に遭わねば人が変わりますまい。暗闇に覆面をしていれば、大事ございませぬ」

「うむ。別人と身を変えれば、奥に何を言われても怖くはないゆえにな」

「日頃の恨みを晴らしておやりなされませ」

「だが、奥に当て身をくらわすのはおぬしがやってくれ」

「何ですかそれは……」

「やはりこの手にかけるのは気が引ける」

「わかりました。どこまでもお優しゅうございますな」

「あまり手荒なことはせぬようにな」

「当て身を加えるだけですよ」

「体に痣《あざ》など残らぬようにな」

「もう帰らしてもらいます……」

「待ってくれ。つれないことを申すな」

「だいたい誰のためにこんなことをしていると思っているのですか」

「すまぬ……」

秋月栄三郎と大貫慶次郎は市ヶ谷の愛敬稲荷《あいきょういなり》の祠《ほこら》の裏手にいた。

二人共に黒装束《くろしょうぞく》で、暮れ始めた空の下、木立に囲まれたこの場にその姿はすっかりと呑み込まれている。

件《くだん》の会話から知れるが、今二人は大貫慶次郎の妻・梅を攫おうとして待ち構えているのである。

慶次郎を質屋の主達の前へ連れてきて詫びさせるまでが取次の仕事であった。しかし、栄三郎は何とも慶次郎が気の毒になり、梅にも報いを受けさせたくて堪らなくなった。

その想いは質屋の主達も同じで、皆で慶次郎をけしかけ、今日の宵《よい》を迎えたのである。

この日、梅は女中一人を供にして、駿河台《するがだい》界隈の御台所《おだいどころ》町へと出かけていた。

この辺りは台所衆の組屋敷が並び、その中に梅の妹の嫁ぎ先・辻《つじ》家があるのだ。

辻家は二百石。義弟にあたる当主は膳所台所頭《ぜんしょだいどころがしら》を務めている。

小普請の大貫家と違って辻家は役付き、しかも将軍の膳部を預かるのだから、何かと商人からの付け届けもあり内福であった。

それゆえ梅は、この妹にかつて彼女が欲しがっていた螺鈿《らでん》の小箱を持参し、金の無心に行ったのである。

梅は妹と仲が好く、妹もまた姉に劣らぬ美貌の持ち主で夫の寵《ちょう》を受けていたので、これを五両で引き取ってくれるというのだ。

慶次郎は以前から、梅が辻家に時折出かけるのを快《こころよ》く思っていなかった。そもそも旗本の夫人が無闇《むやみ》に外出をすること自体がおかしなことである。

辻家の方でも咎《とが》めればよいものを、梅の来訪を歓迎さえしているという。これも梅の妹の色香に当主が参っているからなのであろう。

まったく情けない話であるが、慶次郎も偉そうには言えない。親類の屋敷を訪ねるどころか、梅は微行で芝居見物にまで出かけているのであるから。

ただこの時の帰りに、

「何やら人が争うて刃傷《にんじょう》沙汰になっている……。そのような物音が聞こえてきて肝を冷やしました……」

そんなことがあったと、梅は慶次郎に閨の内で語ったという。

栄三郎はそれを聞いて今日の企《たくら》みを思いついたのである。

今度梅が外出をした時は、帰りにいつも通り抜けるという愛敬稲荷社の人気のない道で待ち伏せて、痛い目に遭わせてやろうというのだ。

それは、今まで何度か試してきた脅しであったが、当事者に片棒を担《かつ》がせるというところがおもしろかった。

やがて又平がやって来て、梅と女中が近くまで来ていることを告げた。

栄三郎と慶次郎はニヤリと笑い合い、それからすぐにやって来た二人の前に疾風《しっぷう》のごとく現れ、俄《にわか》なことに声が出ない梅を栄三郎が、女中を慶次郎が、共に当て身をくらわせ肩に載《の》せ、あっという間に木立の中へと連れて入った。

そこからは大きな木箱に一人ずつ放り込んで、これを大八車に載せて近くの質屋の蔵の内へ又平と友蔵が引いて運んだ。

じっとしていれば好いものを、友蔵も物好きなことで、

「わたしにも何か手伝わせてくれませんかねえ……」

と言って、質屋仲間の蔵を借り受けた上に、自らもついてきたのである。

やがて、梅は暗闇に燭台《しょくだい》の蠟燭《ろうそく》一本の明かりだけがぼうっと照らす、蔵の中で目が覚めた。

「こ、これは……」

傍には目隠しに手足を縛《しば》られた女中が転がされている。

「こ奴めは日頃、奥の威を借りて不埒《ふらち》な振舞いが多いのだ……」

慶次郎が嬉々《きき》として縛りあげ、転がしたのだ。

そして慌《あわ》てふためきながらも、黒覆面二人の存在に恐怖で声が引きつる梅を見つめてほくそ笑んだ。

暗い部屋の中、覆面をしている武士の一人が、まさか良人だと梅は思ってもみないようである。

「女、ようく聞け……」

栄三郎が覆面の下からこもった声で言った。

「ぶ、無礼な……！」

梅はやっとのことで言い返したが、その刹那《せつな》、目の前に白刃を突きつけられ、また沈黙した。

「お前は先だって、二月の五日に、木挽《こびき》橋を越えた辺りで人が斬り合うのを見たであろう」

「そ、それは……、知りませぬ……」

否定はしたが、まさしくそれは夫・慶次郎に話した通りのことで、梅も女中も人が争う音を耳にして、慌ててそこから逃げ帰ったのだ。

「嘘《うそ》をつくな……！　調べはついているのだ」

栄三郎の有無《うむ》を言わせぬ問いに梅は喘《あえ》いで、

「そのようなところに通りかかったような気は致しますが、怖くなって逃げ出しましたゆえ、何も見てはおりませぬ」

「さて、それを信じられようか……」

「見たとすればどうするつもりです」

「あの折の斬り合いは天下の一大事にかかわること。見た者には死んでもらわねばならぬのだ」

「ま、まさか、あなた達はいったい……」

「たわけ者めが。密命を帯びた身が名乗られるはずもあるまい」

「わ、わたくしは誓って何も見てはおりませぬ。お見逃し下さりませ……」

「武家の妻女が芝居見物などに現《うつつ》を抜かすゆえ、斯様なことになるのだ」

栄三郎の詰問に梅は色を失った。この武士は自分のことを見事に調べあげている。

「我らは何もかも知っている。お前が大貫慶次郎殿の妻・梅であることもな」

「あ……」

「そして、百五十石の分《ぶん》にそぐわぬ暮らしを送り、夫が婿養子の身と侮《あなど》り、不埒な振舞いをしていることも。お前のような不埒な女は死ぬがよいのだ……」

「それは違います！」

梅はこれを激しく打ち消した。

「何が違うと申すか……」

この時、初めて慶次郎が口を開いた。覆面越しで、しかも努めて声を変えたので、梅はやはりそれが良人だと気付かなかったが、何とはなしにこの黒覆面の声には哀切がこもっているように思えて、ここぞと訴えた。

「わたくしが良人にあれこれ無理を申したは、ただ良人を奮《ふる》い立たせんがため」

「どういうことだ……」

黒覆面の慶次郎の声はさらに優しくなった。

「わたくしの良人は、わたくしを慈《いつく》しんで下さりましたが、その余り、当家に婿入りをしてからというもの、剣術のお稽古もなおざりとなり、百五十石の主に小さく納まられた由。それではなるまい、男子たるもの百五十石の家を千石にも二千石にもする気概《きがい》がのうてはなりませぬ。そうではございませぬか」

「そ、それはそうじゃ……」

黒覆面の慶次郎が気圧《けお》された。

――何だこいつは、ここに至っても奥が怖いのか。

栄三郎は焦った。だが、こうなると梅の饒舌《じょうぜつ》は止まらない。

「それゆえにわたくしは、百五十石の分を越えた贅沢《ぜいたく》をさせていただきました。それによって慶次郎様は剣術の出稽古にまた精を出されました。それは良人にとって大変なことかもしれませぬが、父の代から御役に就けなんだこの大貫家が、良人の励みによって拓《ひら》けるのではないかと思うたのです。それをあのお方は、自分を出稽古に呼んでくれる所などないと、見苦しい言い訳を並べて逃げようとなされ、あまつさえ腹を切るとまで申されました。それゆえに、わたくしはそれならば娘に養子を迎え、これに大貫家の行く末を託すと申しました。こうまで妻に言われて奮い立たぬ男がおりましょうか。わたくしの想いはそこにあるというに、不埒な振舞いとは真にお情けなきことに存じまする……」

梅は一気にまくしたてた。自分のわがまま贅沢はすべて良人を発奮させるためなのだと、涙を浮かべながら訴えたのである。

「ふッ、見えすいたことを申しよって」

栄三郎はさらに脅しつけてやろうと、

「何、ではお前は、己が欲のために主人に金の無心をしたことがないと申すか……」

と凄んだのであったが——。

「うむ、さもあろう……さもあろう……」

あろうことか、梅の言葉に慶次郎はいつしか涙して、栄三郎の横から声を詰まらせながら応えたのであった。

——この馬鹿が。気取《けど》られるではないか！

栄三郎は今にも慶次郎が泣き出しそうになったので、慌てて梅に再びの当て身をくらわせた。

七

それからしばらく時がたち、春の名残《なごり》となる頃に、田辺屋宗右衛門は秋月栄三郎と又平を招いて、蛤との別れを惜しむ酒宴を開いた。

客は二人の他に〝丸友〟の友蔵であった。

お咲が誇らしげに給仕をしたが、松田新兵衛の姿はなかった。久しぶりに取次に手を貸した新兵衛であったが、その後のことには一切触れぬのが彼の信条であった。

「やはり夫婦のことに触れたのが間違いでした……」

栄三郎は開口一番頭を掻《か》いた。

「いや、わたしもいささか身を入れ過ぎました……」

と、友蔵。

宗右衛門は、大貫慶次郎の一件の顚末《てんまつ》を聞いて既に何度も大笑いをしていたが、改めて栄三郎と友蔵の言葉を聞いて腹を抱えた。

梅は気がつけば、女中と共に愛敬稲荷社の祠の陰で菰《こも》にくるまれ放置されていて、そこを良人の慶次郎に見つけられ無事屋敷へと戻った。

もちろん、慶次郎の自作自演で、屋敷に投げ文《ぶみ》があり駆けつけたところ、梅を発見したことになっていた。

梅の帯の間にも文が挟まれてあり、それには、此度のことはそなたの言葉を信じ、命は取らぬ。くれぐれも先夜のこと口外なきようにとあった。そしてその末尾には、〝分に過ぎたる望みは災いの因《もと》〟と添えられてあった。

真に恐ろしく、不思議な体験をした梅は、慶次郎に助けられた時は、安堵と黒覆面に詰《なじ》られたことの後ろめたさに、慶次郎に縋って泣きじゃくったのであった。

「真に、あのお殿様が妻女の言葉に泣き出しそうになった時は、どうなることかと思いましたよ……」

栄三郎はぼやくことしきりであった。引っ攫って脅しつけるという取次の手段は何度もしてきたが、

「やはり夫に妻を攫わせるのは無理がありましたねえ。あの場に臨《のぞ》んで、まだ女房に頭が上がらないとは困ったもんだ……」

栄三郎は溜息をつきつつおかしみと馬鹿馬鹿しさがこみあげてきて、ついには高らかに笑い出した。

「それで、大貫様からはその後何か……」

宗右衛門が訊ねた。

「お忍びで質屋を廻っておいでになりましたよ。お蔭で今は奥とも仲睦《むつ》まじゅう暮らしているゆえ、質草を残らず請け出す日も遠くはない、待っていてくれと、それはもう楽しそうに……」

友蔵の話では、梅も行き過ぎた慶次郎への期待と要望を悔い改め、出稽古が無理であるならば亡父・定右衛門が遺《のこ》した盆栽についての書を二人でひもとき、またこれを内職にまでしてのけようと夫婦で励んでいるそうな。

宗右衛門はふっと笑って、

「秋月先生の許へは……」

「はい、お越しになられましたよ。嬉しそうな顔をして、此度のことはおぬしのお蔭だ。思わぬところで梅の気持ちもわかった。身共は励むぞ……、なんてね……」

「はッ、はッ、そうですか」

その折、慶次郎は、

「礼といって何もできぬが、せめてこの刀をもらってくれぬか。無銘ではあるが、名工が意図して刻まなんだものと思われる……」

そう言って、曽根平助から買い求めていた残り物の二振りの刀を置いていったという。

「まったくあのお殿様は、何もこりちゃあおりませんよ」

「はッ、はッ、それはおもしろい」

宗右衛門はまた大いに笑ったが、

「しかし、奥様は本当にお殿様を奮い立たせるために、贅沢をされたのですかな」

ぽつりと言った。

その場にいる男達は一様に首を横に振ったが、お咲は優しい笑みを湛《たた》えて、

「お殿様がそのように思っておいでなら、それでよいのではないでしょうか」

と、男達を見回しながら言った。

「宗右衛門、お前の娘もなかなか好い大人になったではないか。まあそうだな。夫婦のことは当人同士でないとわからぬものだ……」

友蔵は思い入れたっぷりに笑った。

「小糠三合あるならば入り婿するな……。なんて言いますが、これもまた味わいがありますねえ」

栄三郎はまた盃《さかずき》を重ねた。

今宵《こよい》あたり、大貫慶次郎は梅からぺろりをしてもらうのであろうか――。

その日は一日中ぽかぽか陽気であった。

第四話　手習い師匠

一

その日。

手習いが終わって子供達が帰っていった後の閑散とした稽古場《けいこば》に、〝手習い道場〟裏手の善兵衛長屋の住人・留吉《とめきち》が訪ねてきた。

留吉は大工の手間《てま》取りながら、手習いが終わった後に剣術を習いに来る〝物好き〟の一人なのであるが、まだその時刻には早かった。

「おう、来たのかい……」

秋月栄三郎は、神妙な表情を浮かべて入ってきた留吉を見てニヤリと笑った。

「そりゃあ来ますよ。あっしも親でございますからね」

留吉は何ともばつが悪そうに、ちょっとばかり頭を搔《か》くと、

「この度《たび》は先生、倅《せがれ》の太吉《たきち》が……ご迷惑をおかけいたしました。申し訳ねえことでございます……」

と、頭を下げた。

半刻《はんとき》（約一時間）ほど前のこと。

今日一日の手習いが終わって、手習い道場は子供達の賑《にぎ》やかな話し声、笑い声に包まれていたのだが、

「この野郎！」

突如として男児の叫び声がしたかと思うと、喧嘩《けんか》が起こった。

留吉の倅の太吉が、同じ手習い子の巳之吉《みのきち》を殴《なぐ》りつけたのである。

子供達が寄り集まっているのであるから喧嘩などはよくあることなのだが、今日の喧嘩は少し様子が違った。じゃれ合ううちに喧嘩になったのではなく、子供ながらの遺恨が含まれているような——そんな気配が漂《ただよ》っていたのだ。

太吉と巳之吉は共に十一歳で、それなりに体つきも大きくなっているから子供の喧嘩の中でも迫力がある。

「きゃッ……」

これを見た童女の中には泣き出した者もいた。

殴られた巳之吉は勢いで壁にぶつかって倒れ込んだ。

「何しやがる！」

そして巳之吉が立ち上がって太吉を睨《にら》みつけたところで、子供達が、

「おいおい、やめなよ……」

と、間に入った。

喧嘩を始める奴よりも情けないのは、喧嘩を止めることもできない弱虫だ――。

手習い子達は、日頃師匠の秋月栄三郎のこんな言葉を聞いているから、男児達の反応は早かった。

元より巳之吉には反撃の気配もなかったし、

「わかったよ……」

太吉も一発殴って気が済んだのか、止めに入った子供達の肩をぽんと叩《たた》くと、巳之吉を睨み返してそのまま帰っていったのだ。

栄三郎は何も言わずにそのまま見守っていたが、

「先生、太吉をしかってください。太吉から手を出してきたんですよ。あいつはひどいやつです……」

巳之吉はすぐに栄三郎の傍《そば》へとやって来て訴えた。

「今は太吉も頭に血が上っているから後で叱《しか》っておこう。お前は大事ないかい。ちょっとばかり顔が腫《は》れちまったな」

これに対して栄三郎は優しい言葉をかけてやったのだが、

「顔の腫れなんてどうでもいいですよう。どうして先生はすぐにしかってくれないのです。おいらは何も悪いことをしていないのに、太吉はいきなりなぐってきたんですよ。あいつはああいう乱暴なところがあるからいけません。悪いやつです」

巳之吉はなおもまくしたてた。

「巳之吉、お前もまず頭を冷やしな」

　栄三郎はさらに宥《なだ》めた。

「頭に血なんかのぼっていませんよ。のぼせているのは太吉です。あいつはろくでもないやつだとみんな言ってます……」

「誰と誰がそんなことを言っているんだ」

「それは……」

「そもそも喧嘩は両成敗だ。お前の言い分ばかりを聞いておられぬ」

「そんなら先生は、おいらが悪いと言うのですか」

「そんなことは言っていない。太吉がお前を殴ったのには理由があるはずだ。お前はそのことは何も言わず、ただ太吉の悪口ばかりだ。だから、まず頭を冷やせと言ったのだ」

「理由なんて何もありません。おいらは何も悪いことはしてません。悪いのはならずものの太吉なんです……」

「太吉はならずものなどではない！」

ここにきて栄三郎は巳之吉を叱った。

「おれにとってはお前も太吉も大事な手習い子だ。ならずものだとは何だ。ここにそんな奴は一人もおらぬ。とにかく、理由もなく太吉がお前を殴るはずはない。そのあたりのことがはっきりしてから理非を問うのがおれの仕事だ。帰って頭を冷やすがいい」

巳之吉はさすがに沈黙したが、それでも自分は悪くない、悪いのは太吉なのだと言わんばかりのふくれっ面《つら》で家へと帰っていった。

栄三郎は苦笑いを浮かべて、横でこのやり取りを聞いていた又平を太吉の家へ様子を見に行かせた。

すると太吉の母親である留吉の女房・おしまは善兵衛長屋にいたものの、太吉は帰ってくるや何も言わずに出かけてしまったという。

「手習いから戻ってきたと思ったら遊びに出かけるのはいつものことなんで、気にもかけてなかったんですが、そんなことがあったんですか。相すみません……」

おしまは又平から話を聞いて恐縮していたという。

それから留吉が、今日は仕事が早く終わって家へ帰ってきたというわけだ。

「太吉の馬鹿野郎、まだ帰ってこねえんですが、とにかくまずは先生に詫《わ》びを入れねえといけねえと思いましてね……」

留吉は栄三郎の前で首を竦《すく》めてみせた。

「そのことなら又平に言付けたように、子供の喧嘩のことだから、今日のところは何も訊《き》かずにいてやってくれ」

「いやしかし先生、先に手を出したのは太吉だっていうじゃあねえですか」

「叱ってやるな。太吉は理不尽なことで人を殴るような奴じゃあねえよ」

栄三郎の言葉に留吉は感じ入って、

「へい、ありがとうございます……。だが先生、相手の子供の家の方へは……」

「はッ、はッ、留吉、お前も律儀《りちぎ》だな。今も言ったようにこれは子供の喧嘩だ。お前、子供の頃、喧嘩したことをいちいち家へ帰ってから親に報《しら》せたかい」

「そういやあ、そんなことはなかったですねえ……」

「顔が腫れたら水で冷やしてから家へ戻って、路地で転んじまった……。なんて言ったりしなかったかい」

「そうでやした」

「世の中は変わっていくが、子供の心は今もあの頃も同じだよ。そいつを大人が変えちまったらいけねえと、おれは思うんだよ」

「へい、そうでございますねえ……」

「この始末はおれがつけるから、お前は見て見ぬふりをしてやってくれるかい」

「承知しやした」

留吉は大きく頷《うなず》くと、

「栄三先生でよかった……」

照れたように言った。

「何がよかったんだい」

「倅の手習い師匠が先生でよかったってことでさあ」

「そう思うなら手前《てめえ》、酒や小博奕《こばくち》に使う金があったらおれによこしやがれ」

栄三郎は照れ隠しに憎まれ口をたたいた。

「へッ、へッ、違《ちげ》えねえや。先生、出直してきますから、久しぶりにやっとうの稽古をつけておくんなせえ……」

留吉はすっかりと緊張も解けて、にこやかな表情となって帰っていった。

「ふッ、あいつも人の親なんだな。日頃威勢の好い大工が、倅のことになるとおどおどしやがって……」

頬笑《ほほえ》む栄三郎に、

「しかし、子供の喧嘩で済みますかねえ……」

手習い所から剣術道場へ――いつもの片付けをしながら又平が言った。

「巳之吉のことかい」

「へい……」

又平は、巳之吉の少しばかり理屈っぽい性格が太吉を怒らせる要因を作ったのではないかと見ていた。

そのことは栄三郎も感じていた。

巳之吉は彼独特の正義感を持っていた。手習い所での無駄話や悪戯《いたずら》を嫌って、勉学中の秩序を乱す者を許さず、あれこれ意見する姿がよく見られた。

だが、真っ直《ます》ぐに言えばよいものを、相手の欠点をあげつらったり説教を交えるので、そこに理屈っぽさが生まれるのだ。

「男は度胸と愛敬《あいきょう》だ。理屈を言う奴はくそったれだ……」

などと父親に言われて育ってきた子供達と、これでは馴染《なじ》めるはずがない。

「前にもこんなことがあったんでしょうねえ……」

又平は続けた。

というのも、巳之吉はこの手習い道場に通い始めてからまだ半年にも充《み》たない。以前は出雲《いずも》町の手習い所に通っていたそうなのだが、

「こちらの秋月先生の評判をお聞きいたしまして……」

そう言って、是非にと両親が入門を願ったのである。

両親というのは儀之助《ぎのすけ》とその女房のおのぶである。

儀之助は木挽《こびき》町五丁目で〝うちやま〟という料理屋を営《いとな》んでいる。自身が料理人で、苦労を重ねて店を構える身になったという。

女房のおのぶはというと、亭主の言うことに逆らわず、ただじっと従うような様子で、栄三郎に頭を下げるばかりであった。

それが今思うと、胸の内に不安を隠し持っていたのではないかと推察されるのだ。

「巳之吉は間違いをおこすようなことはまずありません。日頃から何があっても筋道を通すように教え込んでありますから……」

自信たっぷりに話す儀之助を何度も横目で見ていたのは、何か心配事を抱えていた表れではなかったのか――。

そう考えると、又平が言った、前に通っていた手習い所でもこんなことがあったのではなかったかという疑念は、大いに頷けるのである。

「すんなりとはいかねえかもしれねえなあ……」

栄三郎は自らも手習い所の片付けを手伝いながら又平に頷いてみせた。

そして二人のすっきりしない想いが形となって表れるまでに、時はかからなかったのである。

二

それから一刻《いっとき》（約二時間）もせぬうちに――。

巳之吉の父親・儀之助が手習い道場に乗り込んできたのである。

「先生、倅からみな聞きましたが、本当のことなんですね……」

年恰好《としかっこう》は栄三郎より二、三歳上と思われる儀之助は、初めから人当たりの好い栄三郎を呑《の》んでかかるような調子で、威圧的に言った。

こうなると秋月栄三郎は人懐《ひとなつ》こい〝旦那《だんな》〟の様子から、武家の〝先生〟へと変わる。

「巳之吉がおぬしに何と言ったかは知らぬが、あの子のことだ、嘘《うそ》は申すまい」

きっとした目を返して折目正しく応《こた》えた。

儀之助は入門の時の様子と少し違う栄三郎を見てたじろいだが、

「そりゃあうちの倅は嘘をついたりはしませんよ。信じがたいことを聞かされたので、本当かとお訊《たず》ねしたまでのことでございます……」

負けじと自分も料理屋の主《あるじ》としての貫禄《かんろく》を見せつけるようにして言った。

――なるほど、親の因果が子に祟《たた》ったようだな。

栄三郎は、巳之吉の理屈っぽさは父親の影響なのであろうと見た。物言いに、こちらは何ひとつ間違ったことは言っていないという気負いと頑強さが窺《うかが》えた。

「それで、巳之吉から喧嘩のことを報されて参られたわけか」

「さすがは手習いのお師匠だ。お察しが早《はよ》うございますねえ」

栄三郎の問いに、儀之助は皮肉な表情で応えた。

「当方の目が行き届かず斯様《かよう》な仕儀となったことは、申し訳なく思うておりまする……」

栄三郎は子供を預かる身としての不手際《ふてぎわ》を詫び、まずは素直に頭を下げた。

秋月栄三郎がそもそも剣客《けんかく》であると知る儀之助は、それなりに緊張をしていたのであろう。この栄三郎の一言で少し気が楽になったか、

「まあ、先生からその一言を頂戴《ちょうだい》しますと、こっちもまず倅が面倒をかけましたと

詫びねばなりませんがね……」

話し口調も和《やわ》らいだ。

しかし、今度のことは手習い所では日常茶飯事の子供の喧嘩であるから、

「今はあれこれ騒がずに、某《それがし》に任せて見守ってやって下されぬかな……」

と、栄三郎が宥めるように言うと、

「ちょっとお待ち下さいまし。それじゃあなんですかい。先生は今度のことを子供の喧嘩で済ませてしまうおつもりですか」

と、顔色を変えて突っかかってきた。

「それが気に入らぬと……」

「あたり前でございましょう。子供の喧嘩と仰《おつしや》いますがねえ、殴られたのはうちの倅で、巳之吉は手を出しちゃあいないんですよ」

「それゆえ悪いのはみな太吉の方だと申されるか」

「そうなりますねえ。話を聞いたところでは、巳之吉は太吉ってえ子供に何ひとつ悪いことはしてねえっていうんですよ」

「だが太吉は巳之吉を殴った。それには理由があるはず。そこのところを双方によく訊いて確かめ、この後は行き違いのないようにしたいと思うゆえに……」

「あれこれ騒がずに見守っていろと」

「左様《さよう》……。同じことを巳之吉にも言い聞かせたつもりだが……」

「そいつはおかしかありませんか。どんな理由があろうが、うちの倅はいきなり殴られたんだ。まず相手に詫びを入れてもらうのが筋だ。だいたい、相手の親はこのことを知らないんですかい」

「いや、報せている……」

「報せているのに詫びのひとつもないってえのは、とんでもない話じゃあありませんか」

「ここへは詫びに来た。だが、同じことを伝え、理由がわかるまでは見守ってくれるようにと告げて帰したのだ」

「何ですって……。それであっちは、はいそうですかと手前どもに挨拶《あいさつ》もせずに済ませたというのですか」

「だから今申したように、某に預けてくれと告げたゆえのことでござるよ」

「馬鹿馬鹿しい。人様の子を傷つけておきながら、先生の話を聞いてこれ幸いと筋を通そうともしねえとは何て奴だ……」

儀之助もそれなりに世の中を渡ってきた料理人である。憤《いきどお》りが口調を荒々しくさせてきた。

「太吉って子供もろくなもんじゃあねえが、親もまた半端者《はんぱもの》だ」

「くどい！　それはみなこの秋月栄三郎がさせたことだと申しておる！」

ここへきて栄三郎の我慢が切れた。

「太吉はろくでもない子供ではないし、太吉の親は留吉という大工で立派な男だ。言っておくが、そもそも喧嘩は両成敗。先に手を出そうが出すまいが、巳之吉もまた裁かれる立場であることを忘れるな！」

こうなると栄三郎は、十五の時から死に物狂いで剣術の修行を重ねた剣客の凄味《すごみ》が体中から発散される。

これに儀之助は怯《ひる》んだが、

「先生はどこまでも太吉って子の肩をもってえんですね」

こうなると意地になってくる。巳之吉から話を聞いた時から、ここの手習い師匠は殴った子を叱るどころか、それを訴えた我が子を叱りつけたというではないか。その怒りを持って訪ねていたから引き下がるわけにはいかなかった。

「おぬしも物わかりの悪い男だな。喧嘩は両成敗と申しておる。だが、双方が頭を冷やして喧嘩の因《もと》を探れば、必ず納得できる時がやってくる。それを任せてくれと申しておるのだ」

秋月栄三郎は初めに手習い所で起きた喧嘩の経緯《いきさつ》を詫びていて、その上で手習い師匠としての考察を述べているのである。

筋道から言うと何も間違っていない。

それでも、間違っていないからといって悪いことはしていないという倅・巳之吉を信用せず、殴った太吉をすぐに叱らないのは儀之助にとって到底納得できない。

「ふん、見損《みそこ》ないましたよ。ここの手習い所は近頃評判だと聞いて倅を通わせたというのに、無法が罷《まか》り通るところだったとはねえ」

「左様か、それはすまなんだな。だが、うちの倅を頼むとここへ連れてきたのはおぬしだ。己《おの》が見込み違いを嘆《なげ》くがよかろう」

「何だって……」

「子供の喧嘩に親が出る……。そんな馬鹿なことが本当にあるとは思わなかった。お引き取り願おう……」

栄三郎の眼光はますます鋭くなった。

ちょうどそこに、善兵衛長屋の彦造《ひこぞう》、長次《ちようじ》といった剣術道楽の連中が集まり出した。

そして皆一様に、栄三郎が怖い表情で見馴《みな》れぬ客と対峙《たいじ》しているのを見て、怪訝《けげん》な目を儀之助に向けた。

「ふん、このままでは済ましませんぜ……」

儀之助はいたたまれなくなったか、低い声で栄三郎だけに捨て台詞《ぜりふ》を残して去っていった。

「先生、何です、今のは。何だかいけすかねえ野郎ですねえ……」

去っていく儀之助を一目見るや、彦造が顔をしかめた。

なるほど、根本的に長屋の連中とは、親子共に馴染めない何かを持っているのかもしれない――。

「いや、何でもねえのさ……」

栄三郎は又平と顔を合わせて苦笑すると、入れ違いに入ってきた留吉に、

「太吉は帰ってきたかい」

小声で訊ねた。

「へい。帰ってはきたんですが、手習いの話をふってみてもただ黙っていやがるんですよ……」

「そうか。心配しなくてもいいよ、話したくなれば放っておいても手前から喋《しゃべ》ってく

るってもんだ」

そう言うと、巳之吉の父親が怒鳴り込んできたという事実は一切《いっさい》語らなかった。

その翌日から巳之吉は手習い道場へは通ってこなくなった。

太吉はというと、何も言わない栄三郎のことがかえって気になったのか、翌日の手習いが終わった後に、

「先生、昨日は騒がせてごめんなさい……」

と、まず詫びてきた。

栄三郎はほっとしつつ、

「なに、喧嘩なんてよくあることさ。まあ、そのうちに、巳之吉とは仲直りをするんだな」

事もなげに言って、それ以上は何も言わずにおいた。

しかし、仲直りをしろと言われたものの、巳之吉が通ってこなくなったので決まりが悪くなったのか、それからの太吉はまるで元気がなかった。

その三日後は手習いが休みで、栄三郎は善兵衛長屋を覗《のぞ》いてやった。

すると太吉は三吉《さんきち》と二人で井戸端にいて、冴《さ》えない顔で何やら話していた。

三吉は同じ長屋に住む左官の長次の息子である。太吉とは同年で、彼もまた栄三郎

の手習い子なので、二人は兄弟のように仲が好い。

親友の悩みは三吉にも伝染しているかに思えた。いつも手習い所では賑やかな二人がこのところ消沈していたのである。

「よう、どうしたい、二人とも元気がねえじゃねえか。まあ、こっちは静かでありがてえがな……」

そんな二人であるからこそ、栄三郎は三吉の前で太吉に声をかけてやった。

「そりゃあ先生、まいっちまいますよ。おれが巳之吉を殴ってから、あいつは手習いに来なくなっちまったんだから……」

太吉は大人びた物言いをして首を竦めてみせた。

「おまけにうちのお父つぁんも、又さんから聞いたはずなのにひとつも怒らねえときてる」

「ほう、又平から聞いたって、どうしてわかるんだ」

「そりゃあわかるさ。又さんがあの後おっ母さんと話していたのを、三吉が見たっていうから……」

「なるほど……」

栄三郎は、三吉が少し申し訳なさそうな表情でぺこりと頭を下げるのを見て小さく笑った。

「子供の喧嘩には、よほどのことがねえ限り大人は口を出さねえもんだよ」

「そんなものかい」

「ああ、そんなもんだよ」

「でも、巳之吉のお父つぁんは先生に文句を言いに来たんでしょ」

「ふッ、ふッ、お前それも知ってるのか」

「ああ、三吉から聞いた」

「また三吉か……」

三吉はまた申し訳なさそうに頭を下げると、

「お父つぁんから聞いたんだ……」

長次から聞いたとぽつりと言った。

「なるほど、そう言やあ、三吉のお父つぁんはあの日剣術の稽古に来ていたっけ……。皆、察しが早《はえ》えなあ」

この辺りの連中はそれも人情に厚いゆえなのか人の出入りをよく見ていて、しかもその様子をよく理解していることに栄三郎は舌を巻いた。

「それで、先生はやっぱり、おれに巳之吉の家まであやまりに行けと言いに来たのかい……」

　太吉は上目遣《うわめ》いに栄三郎を見たが、その表情にはそれを拒絶する強い意志が窺えた。

「そんなんじゃねえよ……」

　元より栄三郎にそんなつもりはない。

「殴られるより殴った方が辛《つら》いだろう」

「ああ、辛いよ……」

「そのことを忘れるな。それを言いに来たんだよ」

「先生は、どうしておれがあいつを殴ったのかを訊かないんだい」

「今は言いたくねえんだろ」

「それは……」

「お前のことだ、理由《わけ》をひとつも話さないのにはお前なりの事情があるんだろうよ。だからおれも無理には訊かねえ。言いたくなりゃあ言えばいいさ」

　栄三郎はニヤリと笑って長屋を出た。

　子供のことである。そんな事情とて、訊いてみれば大した理由でもないのかもしれない。

だが、後で思えば何でもないことも、その時の心の葛藤は子供なりにある。栄三郎は小さな意地や見栄《みえ》や友情を、今は大真面目《おおまじめ》に見守ってやりたかったのである。

三

「近頃は、手習い師匠を務めるのもなかなか大変なものなのだな……」

さらに翌日。秋月栄三郎は手習いを終えた後、久しぶりに剣友・陣馬七郎《じんましちろう》と居酒屋〝そめじ〟で酒を酌《く》み交《か》わして彼を感心させた。

「あの極楽とんぼの栄三郎が、これを立派に務めているとは大したもんだ……」

「いや、極楽とんぼだからこそ、子供達は珍しいやら気が張らぬやらで、馴染んでくれるってわけだ」

「そのようなものか」

「手習い師匠としてはまだまだ未熟だ。七郎の親父《おやじ》殿が生きていたら、あれこれ訊ねてみたかったものだ」

七郎は岸裏伝兵衛門下の俊英であるが、そもそも入門したのは、本所番場町にあった生家がかつての岸裏道場に近かったからである。

その頃栄三郎は岸裏道場の内弟子であったから、同じ内弟子の松田新兵衛とよく七郎の家に遊びに行ったものだ。

七郎の父・理太夫《りだゆう》は手習い所を開いていたので、その時に覗き見た理太夫の教授法が、今栄三郎の手習い道場で生かされているのである。

「もう十三年になるのだな、七郎の親父殿が亡くなってから……。思えば陣馬理太夫殿はおれの手習い師匠の手習い師匠だった」

「なんだそれは……」

七郎はふっと笑って、

「親父殿は、栄三郎がそう思っていてくれることをさぞかし喜んでいるだろうよ」

嬉《うれ》しそうな表情を浮かべた。

「だが、手習い師匠としてはすでにお前の方が上だとおれは思う」

「何故《なにゆえ》そう思う」

「親父殿は学問の方はしっかり教えていたが、子供一人一人にかかずらっていては身がもたぬと、手習い子に人の道を説いたりはしなかった」

「人の道を説くだと？　はッ、はッ、おれとてそんなおこがましいことはしておらぬよ」

「いや、お前は立派に子供達を導いている」

「自分の好き嫌いを言っているだけだ。嫌いなことをされたら頭にくる。頭にくれば物を教えるどころでなくなる……。まあ、おれの勝手だな」

「あとのことはただのお節介か」

「まずそんなところだ。色んな人の生き方や暮らしぶりを見ているとおもしろい」

「だが、その巳之吉の親父は面倒な男だな」

「いかにも面倒だ。前の手習い所でも同じようなことがあって、怒鳴り込んだあげく巳之吉はそこへ通うのをやめたそうだ」

栄三郎の言葉に、傍に座って相伴《しょうばん》している又平が神妙に頷いた。

この数日の間に又平はあれこれ動いて、その事実を摑《つか》んでいた。

巳之吉は西本願寺《にしほんがんじ》近くの手習い所に通っていたのだが、騒がしい子供にしつこく注意をしたことから喧嘩になり、

「こんな騒がしい手習い師匠のところには倅を通わせてられねえ……」

と、儀之助が辞《や》めさせたのである。

「それがよりにもよっておれのところに来るとは、来られたこっちが堪《たま》らねえよ……」

栄三郎は苦笑いを浮かべた。

「でも、その巳之吉って子供は今どうしているんです？」

さっきから栄三郎達の話に耳を傾けていた女将《おかみ》のお染が、ちろりの酒を運びつつ言った。

「そんなんじゃあ、もうどこも行くところがなくなるじゃあありませんか」

「だから、今はどこにも行かずに家の周りをうろちょろしているようだな」

又平が言った。それならば家へ通いで来てくれる手習い師匠を探してやるから、それまでは遊んでいろと、儀之助は倅に言っているそうな。

「おやおや、そんなこと言ったって、なかなか見つからないんじゃないのかい」

「そのようだな」

「そんなうるさいことを言ってると、又公みたいに馬鹿な大人になっちまいますよ」

「うるせえ！　話に入ってくるんじゃねえや」

又平はお染を追い払うと、

「巳之吉は、どうも旦那の許《もと》へ帰ってきたいようなんですがねえ……」

しみじみと言った。

それは栄三郎も思っていた。

巳之吉はあの一件以来通ってこなくなったが、何度か手習い道場の前に現れては、少し覗き込むようにして通り過ぎるのを、栄三郎は窓越しに見ていた。

理屈っぽいところがあり、何かというと他の手習い子達の反感を買うことの多い巳之吉であるが、それなりに栄三郎の講義を興味深く聴いていたし、勉強好きの子供ではあった。

それゆえに手習い道場のことが気になっているのであろう。

「子供の喧嘩なのだ。それならとにかく手習いに戻って、まず時を過ごせばよいものを。あれこれ互いに言いにくいことも、時が経《た》てば何とか収まるものではないのか……」

七郎はそう言ったが、

「おれもそう思うが、親父があのように頑《かたく》なでは難しいな……。自分の言い分は間違っていないと思い込んでいる上に、おれに追い返されてかなり頭にきているようだ」

このあたりのことも又平は調べあげていた。

腕の好い料理人である儀之助は、このところ庖丁《ほうちょう》を握っていないという。怒り心頭に発するあまり、手許が狂って三度ばかり庖丁で指を切ったらしいのだ。

「商売にも障《さわ》りが出たとなれば、なおさら頭にきているだろうからな」

「ふッ、ふッ、ならば放っておくしかないな。ふッ、ふッ、ふッ……」

七郎はそう言うと、何かに思いあたったのか、笑い声を洩《も》らした。

栄三郎と又平がぽかんとして見ていると、

「いや、笑ってすまぬ。面倒な親ではあるが、あながち言っていることは間違ってはおらぬ」

「ああそうだ。だから性質《たち》が悪い」

「松田新兵衛も子を持てば、そんな親父になるのではないかと思ってな……」

「ああ、なるほど、まったくだな……」

栄三郎は七郎と大笑いした。

この二人と仲の好い岸裏伝兵衛門下の一人である松田新兵衛は、生憎《あいにく》今日は一日伝兵衛の供で外へ出ていて、〝そめじ〟には来られなかったのである。

だがここにいれば、

「馬鹿者めが！　おれはいささか融通《ゆうずう》が利《き》かぬ男ではあるが、倅を託した手習い師匠に怒鳴り込んだりはせぬ！」

と、それはそれで怒るであろうと思うと、さらに笑えた。

和やかな話になって、そこから酒の場は一気に明るくなったが、日の暮れと共に七郎は店を辞した。

八年前に岸裏伝兵衛が突如道場を畳《たた》み一人で廻国修行の旅に出た後、陣馬七郎もまた諸国の剣術道場を巡り、剣客の道を歩んだのであるが、上州倉賀野《じようしゆうくらがの》のやくざの情婦であったお豊《とよ》との命をかけた恋を経て、昨年から持筒頭《もちづつがしら》千五百石《こく》の旗本・椎名右京《しいなうきよう》に仕《つか》える身となっていた。

それゆえに椎名邸の侍長屋に暮らす七郎は、今日のように非番であっても、原則として暮れ六つ(午後六時頃)の閉門までに戻らねばならないのである。

「今度は二人して新しい岸裏先生の稽古場に出向き、また一献《いつこん》酌むとしよう……」

そう言って又平と三人で店を出て歩き出したのだが、十歩も歩かぬうちに、

「栄三郎、何やらおかしいな……」

七郎が小声で呟《つぶや》くように言った。

「うむ、そのようだな……」

栄三郎にもその意がわかった。近くから三人に、刺すような視線が向けられている気配がしたからである。

「おれか、栄三郎か……」

「恐らくはおれだろうな……」

栄三郎と七郎は何げない風を装《よそお》いつつ、小声で二言《ふたこと》三言《みこと》交わすと、すぐに別れて歩き出した。

又平は七郎について行く。

栄三郎は一人となって京橋《きょうばし》川沿いに東へ、白魚橋《しらうお》を南へと渡った。

――やはりおれか。

刺すような視線は栄三郎から離れなかった。

――だが、大した奴らではなさそうだ。

栄三郎の殺気に対する感覚は、松田新兵衛や陣馬七郎のような武人のものとは一風違って、〝取次屋〟をするうちに摑んだ、厄介事に対していかに逃げるかの分別が敏感になったものである。

――片を付けておくか。

栄三郎は白魚橋を渡って少し行った所にある稲荷《いなり》社へと足を踏み入れた。夕闇は濃くなり、辺りに人影は見られなかった。

栄三郎は入って右手の松木立の方へ歩み寄ると、ゆったりと流れる風に体を任せて深呼吸した。

その様子は、酔漢が酔いを冷まさんとして風に当たっているように見えた。

またひとつ夕闇の濃さが増した時であった。

刀の鯉口《こいぐち》を切る音がかすかに聞こえたかと思うと、夕闇を突き破るかのように大《だい》兵《ひょう》の武士が二人、栄三郎に襲いかかってきた。

栄三郎はそれを待っていたのだ。

駆けつつ腰の刀を抜くと、峰に返して一人の膝《ひざ》を振り返りざまに打った。

「うッ！」

図体《ずうたい》はでかいが存外に弱い奴である。その武士は無様に倒れ、さらに首筋に栄三郎の一撃をくらって昏倒《こんとう》した。

栄三郎はもう一人には目もくれない。

こ奴は、別れたと見せかけてそっと栄三郎の後をつけていた陣馬七郎に、当て身をくらわされて既《すで》に倒れていたのである。

武士はいずれも浪人者のようだ。

「七郎、すまなかったな……」

にっこり笑った栄三郎に、

「まだ一人いたようだ……」

七郎は背後で同じく倒れている町の遊び人風に目を遣《や》った。

「この野郎が、その浪人二人をそそのかしてやがったようですぜ」

闇の中に又平の顔が浮かんだ。

「まず番所に突き出すか……」

ゆったりとした声で七郎が言った。

「うむ、そうするか……。いや、このままにしておこう……」

栄三郎の頭の中に閃《ひらめ》くものがあった。

その思いを栄三郎は手短かに七郎と又平に伝えると、三人はやがて足早にその場から立ち去った。

しばらくすると——。

件《くだん》の悪漢三人は息を吹き返した。

三人は怯《おび》えたように辺りを見回すと、自分達が無事であることを知り、ほっと息をついたのも束《つか》の間《ま》、浪人二人が遊び人風を詰《なじ》り始めた。

「加助《かすけ》……、何が大したことはないだ。まんまとしてやられた上に、相手は相当の遣い手だ。もう少しで殺されていたところであったぞ」

「いえ、あっしにも何が何やら……」

「馬鹿者めが。こうしてはおられぬ。役人が来るやもしれぬ。お前とはこれ切りだ。

道で会っても声をかけるなよ……」

浪人二人は一目散《いちもくさん》に逃げ出した。

「ちょ、ちょいと旦那……」

加助と呼ばれた男は後を追ったが、

「チッ、お前らが弱《よえ》えんだろうが……」

捨て台詞を吐いて、自分も怖くなったのであろう、足早にその場を去った。

その加助の後を、祠《ほこら》の陰からこれを見ていた又平がつけていた。

まったく間の抜けた男である。つけられていることも知らずに振り向くことなく廻り道もせず、ただ真っ直ぐに加助は道行く。

こんな男の後をつけることなど又平にはわけもない。

そして加助が行き着いた先は、何たることか――木挽町五丁目の料理屋〝うちやま〟の裏口であった。

――何てこった。

又平はひょいと傍の立木をよじ登り、屋根の上へとその身を移した。

路地から入れる木戸口は板場に続いているようで、加助が中へ入るとすぐに儀之助が前掛に高下駄、片襷《かただすき》姿で加助と共に外へと出てきた。

「何だい加助さん……。今はお前の相手をしていられないんだよ」

儀之助は切った指の傷もまだ癒《い》えぬまま、板場で庖丁を揮《ふる》っていたらしく、仏頂《ぶっちょう》面《づら》で言った。

「そ、それが、しくじっちまったんだよ……」

加助が青ざめているのは板場から洩れ出ている明かりではっきりとわかった。

ただならぬ様子に、

「しくじった……。何をだい……」

儀之助は木戸から少し離れたところに立つ柳の下へと加助を連れていった。

そこは又平がいる屋根からさらによく見えたが、ぼそぼそと話す加助の声はよく聞こえなかった。それでも、加助が今夕の稲荷社での一件を語っているのは容易に窺い知れた。

そして、儀之助が顔を引きつらせて怒っていることも。

「そんなことを頼んだ覚えはないよ！」

儀之助の怒った声ははっきりと聞こえた。

その後の会話はよく聞きとれなかったが、又平にはもう察しはついた。

やがて苦虫《にがむし》を嚙《か》みつぶしたような表情となった儀之助が板場へ戻り、加助はとぼとぼとまた夜道を歩き出した。

又平は加助の後をさらにつけた。

加助は力ない様子で、木挽町の芝居小屋・森田《もりた》座の裏手にある小体《こてい》な居酒屋に入った。

「帰ったぜ……」

加助は店を一人で切り盛りしている三十絡《がら》みの年増女《としまおんな》に不愛想に言うと、板場の横にある梯子《はしご》のような階段をつっと上がっていった。

――まあ、この女将のところへ転がり込んだって様子だな。

又平はニヤリと笑って店へ入った。

「おお、姉さん、熱いのをもらおうか……」

その夜のうちに加助の正体はわかったのである。

四

一夜が明けて――。
秋月栄三郎はいつものように自室で又平が炊《た》いた茶粥《ちゃがゆ》を食べながら、昨夕からのことをあれこれ整理してみた。

又平の調べでは、栄三郎を襲うよう浪人二人をけしかけた加助という男は、近頃木挽町に流れてきた三十男で、言葉巧《たく》みに居酒屋の女将に言い寄り亭主に納まった。

それからはそこを根城に方々に顔を利かせ始めて、木挽町界隈《かいわい》の料理屋や茶屋の主に取り入って小遣い稼ぎをしていた。

儀之助の料理屋〝うちやま〟にも、店を強請《ゆす》りに来た破落戸《ならずもの》を穏便に追い返したことで信頼を得て、あれこれ相談を受けるようになったようだ。

今度のことでは、儀之助が怒り心頭で水谷町から帰ってきて、庖丁で指を切るなど相当に荒れているのを見てとって、加助は親切ごかしに儀之助の愚痴《ぐち》を聞いたのであろう。

そして、ここぞとばかりに、

「旦那、そんなのは手習い師匠でもなんでもねえ。ただのいかさま野郎だ。このまま引っ込んでいていいもんでしょうかねえ。剣術を教えているったって、たかが町の物好き相手にでしょう。まあ、あっしに任せておくんなせえやし……」

などと言ったのに、怒りで我を忘れた儀之助が生返事《なま》をしたのに違いない。

儀之助は、加助がまさか本気で浪人者を雇って秋月栄三郎を襲うなどとは思ってもみなかった。

それゆえに、

「しくじっちまったんだよ……」

と言われて驚いてしまったのだろう。

苦労をして隙《すき》なく生きてきたつもりが、とんだ落とし穴に陥《おちい》った様子だが、

「あん時、番屋に突き出したりせずによかったな……」

又平から昨夜遅くにこの報せを受けた栄三郎は、ほっと胸を撫《な》でおろした。

役人に後を託さなかったのは、まさかとは思ったが、自分を襲った連中が儀之助に絡んでいたとしたらややこしいことになると思ったからだった。

手習い師匠として、子供同士の喧嘩から捕物沙汰《ざた》になるのは何としても避けたかった。

その結果、本気で儀之助が栄三郎を襲うよう加助に命じたわけではないとわかったのであるから、ここは何としても内々に済ませておかねばならない。

「ですが旦那、あの加助の野郎をこのまま放っておくとろくなもんじゃあありませんぜ……」

儀之助に累《るい》が及ばないようにするのは幼い巳之吉のことを考えると賢明だが、独り

合点《がてん》で人を襲うとは何という奴だと又平は納得がいかない。

「まあ、そこんところは竹茂《たけしげ》の親分に事情を話しておいて、そのうちにしょっ引いてもらうさ」

栄三郎は又平を宥めるように言った。

竹茂の親分というのは南町同心・前原弥十郎から手札を授けられている御用聞き・竹屋《たけや》の茂兵衛《もへえ》のことである。

徹底的に間の悪い弥十郎と違って、茂兵衛は人情の機微をよくわきまえていて、栄三郎との親交は厚かった。

どうせ加助は叩けば埃《ほこり》の出る身であろう。今度のことがうまく収まった暁《あかつき》にそこを叩きまくって、悪の報いを受けさせればよいことだと栄三郎は言うのである。

「旦那はお優しいですねえ。だが、旦那のその気遣いを、儀之助はわかっちゃあいねえ。あっしはそいつがどうも口惜《くや》しゅうございますよ……」

又平は口を歪《ゆが》めた。先日、儀之助が手習い道場に文句を言いに来た時の態度が、彼にとってはいまだに頭にきているのであろう。

そういううちに今日も手習いの時刻となった。

子供達は無邪気でかつ残酷なもので、姿を見せなくなった巳之吉のことはもう忘れてしまったかのように、元気いっぱいの笑顔を見せて読み書きを習って帰っていった。

しかしその中にあって、依然、太吉、三吉に元の快活さは見られなかった。栄三郎に何か言いたいがやはり言えない——そんな風情《ふぜい》を見せたままに、この日も手習い所での時を過ごしたものだ。

そして手習いが終わってからも、栄三郎はやはり太吉に巳之吉を殴った理由を訊かなかったし、太吉も黙ったまま帰っていった。加助から秋月栄三郎を襲ったがしくじったと、実に間抜けな報告を受けた儀之助からも何も言ってこなかった。

儀之助にしてみれば加助にそんなことを頼んだという自覚がないし、襲った加助が自分の店に出入りしている男であると、栄三郎が知っているなどとは思ってもみないのであろう。

「だからって、知らぬふりを決め込むってえのはどうなんですかねえ。こういう行き違いがあって馬鹿野郎が誤って先生を襲っちまったが、お怪我《けが》がなくてようございました……。男なら、正直にそう言って詫びりゃあいいじゃありませんか」

又平はやはり納得がいかずこう言って憤ったが、

「まあ、怖くなったんだろう。それに何と言ったってお前、儀之助はおれに、やれ筋が通っちゃあいねえ、うちの倅は何も悪かあねえと散々に怒って帰ったんだ。そんなことで頭を下げるのは傍《かたわらいて》痛えと思っているんだろうよ」

栄三郎はどこまでも泰然自若《たいぜんじじゃく》として次の一手を考えていた。

「儀之助があれほど筋道にこだわって倅のことに躍起となるのは、それはそれで理由があるんだろうな」

「さあ、ただ性根《しょうね》が捻《ね》じ曲がっているだけじゃあねえですか」

「子供が絡めば人が変わっちまうんだろうよ」

「子を守ってやろうと思うあまり、度が過ぎちまうってことですかい」

「子供だけには、手前の苦労をさせたくないと思うんだろうな」

「その苦労があったからこそ、今の自分があるってえのに……」

「ほう、又平、お前いいこと言うな」

「ヘッ、ヘッ、あっしもこれくれえのことはね……。とにかく旦那、巳之吉のことを思いやるお気持ちはよくわかりやすが、あの父親が怒り狂ってるのを見て、加助の野郎はあんなことをしたんですぜ。少しくれえ怖《こえ》え想いをさせてやらねえと気が済みませんや」

「わかったよ。あれこれお前にも苦労をかけたからな。ちょいとどきりとさせておくか」

「ヘッ、ヘッ、それがようございますよ」

栄三郎は又平に尻を叩かれて立ち上がった。

面倒なことではあるが、巳之吉がもう一度ここへ通ってこられるようにしてやりたかった。それによって太吉と三吉に元気を取り戻してやりたかった。まずそのためには何か波風を立てる必要があった。

取次屋として知られる秋月栄三郎の表の顔は手習い師匠であるのだ。

栄三郎は木挽町へと出た。手習い道場のある水谷町からは目と鼻の先である。

三十間堀沿いに南へ歩くと、五丁目に櫓《やぐら》をあげる森田座がある。江戸三座としてその名を知られる小屋であるが、近年は経営が振るわず度々《たびたび》休座に追い込まれ、控櫓《ひかえやぐら》の河原崎《かわらさき》座に興行を委託することが多い。

それでも芝居小屋を中心とした盛り場には人の流れが生まれ、町は賑わいを見せている。

建ち並ぶ芝居茶屋をさらに南へ通り抜けると、料理屋〝うちやま〟はある。

ここはただ酒と料理を楽しみたいという、〝芝居嫌い〟の客で賑わっているそうな。

役者や狂言の話で盛り上がる芝居茶屋に辟易《へきえき》とする者がいつしか贔屓《ひいき》にし出したというからおもしろい。

衝立《ついたて》で仕切られた十畳ばかりの入れ込みに、小座敷が二間あるだけの造りだが、儀之助が料理人一代で築いたのだから大したものである。

勝手口は板場の木戸と同じで、板場の脇の暖簾《のれん》口から住居へ入る。

栄三郎は無造作《むぞうさ》にこれをがらりと開けると、そこに酒樽《さかだる》に腰をかけて煙管《キセル》を使う儀之助がいて、驚いた様子で栄三郎を見た。

「おう、この前は造作《ぞうさ》をかけたねえ……」

今日は先日とは一転、くだけた調子で話しかけた栄三郎である。だがその目は、炯々《けいけい》として儀之助の目に向けられていた。

儀之助は勝手がわからずたじろいだ。昨夜の加助の報告が秋月栄三郎への負い目になっていたこともあるが、先日言い争ったというのに、今日は何のわだかまりもない表情でやって来たこの手習い師匠の真意をはかりかねていた。

だが、どこまでも人に弱味を見せまいとするのがこの男の信条のようである。

「何か御用ですかい……」

儀之助は平静を装って、煙草盆《たばこぼん》の縁《ふち》で雁首《がんくび》を叩き、灰を落としたかと思うとまた煙草を詰めた。

間の悪さを埋める時、しにくい話をする時、真《まこと》に煙管というものは便利である。今まさに儀之助がその恩恵に与《あずか》っていることを栄三郎は見抜いていたが、ここは空惚《そらとぼ》けて、

「いや、巳之吉はどうしているかと思いましてね」

「何をしていようと、お前さんの知ったことじゃあござんせんよ……」

「巳之吉がちゃあんと読み書きをしているのなら好いが、そうでなかったら……」

「巳之吉、巳之吉と、馴れ馴れしく呼ばねえでもらいたいねえ。もう倅はお前さんの手習い子ではねえんですから」

「まあ、そういうことなんだろうが、次の手習い所が見つかるまでの間、何なら某がここへ教えに来てもよいが……」

「巳之吉一人のためにここへ教えに来るってえんですかい」

「ああ、巳之吉が望むならな」

栄三郎の言葉にまた儀之助は一瞬たじろいだ。この言葉に引き寄せられるように、暖簾口から巳之吉が顔を覗かせたのである。

「おう巳之吉、ちょうどよかった。しばらくここへおれが通ってやろうか……」

栄三郎はそれを見逃さず、気やすい声をかけてやった。巳之吉の顔はたちまち綻《ほころ》んだのであるが、

「巳之吉、奥へ引っ込んでいろい！」

儀之助は巳之吉をすぐに奥へと追い払った。

「巳之吉はおれに来てもらいてえっていう顔をしていたが……」

「さて、大きなお世話ですねえ。お引き取り願いましょうか」

と、儀之助はにべもない。

栄三郎は、己が気分ひとつで子供の学ぶ機会を潰《つぶ》してしまう儀之助に腹だたしさを覚えたが、今日はまず巳之吉の顔を見られたことが成果であると、

「わかった。それなら帰ろう。できるだけ早く新しい手習い師匠を見つけておあげなさい」

あっさりと引き下がって、

「それと、もうひとつ……、近頃はおかしな奴らがうろうろしているから気をつけたがいい……」

「おかしな奴……」

「ああ、昨日の夜、おかしな連中に襲われてねえ。まあ、これでも気楽流の印可を受

けている身だ。あっという間にのしてやったが、近頃は物騒でいけない……」

儀之助の顔に明らかに動揺が浮かんだ。

「で、番屋には届けなかったんですかい」

儀之助はまた煙管を触り始めた。

実はそのことが気になっていた。加助は自分達を難なく蹴散《けち》らしてそのまま去っていったゆえ命拾いしたと言っていたが、その後に番屋へ届けたかどうかまではわからなかったからだ。

「ああ。届けてあれこれと訊かれるのも面倒なんでね」

「なるほど、それもそうですね……」

儀之助の表情に少し安堵《あんど》の色が浮かんだ。

「誰かに恨《うら》まれちゃあいねえか……などと訊かれたとしても、はッ、はッ、お前さんの顔しか浮かばねえしな」

それへ栄三郎は真顔を向けた。

「冗談じゃありませんよ……」

儀之助は再び煙管に火をつけた。

「はッ、はッ、こいつは戯《ざ》れ言《ごと》が過ぎたな。疑ったわけじゃあないが、お前さんの顔色を窺って、勝手な絵を画《か》く野郎がいないとも限らねえからな」

「まさか……」

「いやいや、これも冗談だよ……」

栄三郎は愉快に笑ったが、やがて鋭い目を向けて、

「まあ、今度襲ってきやがったら、問答無用に叩っ斬ってやるつもりさ……。巳之吉の手習いのことならいつでも呼んでくれ。邪魔したな」

と踵《きびす》を返した。

儀之助の顔は青ざめていた。

「どうぞお気遣いは無用に願います……」

それでもなお栄三郎に一声かけたのは、せめてもの強がりであったのだろう。

儀之助は、やはり手習い師匠の秋月栄三郎が息子の巳之吉を殴った子供にきつく叱らないことが気に入らなかった。

こうして訪ねてきて、手習いに出向いてもいいとまで言っているのだ。これは栄三郎が折れてきている証《あかし》なのに、自分から折れない。しかも、加助が勇み足とはいえ、栄三郎を襲ったというのに――。

「ふん、無事なら結構じゃねえか。おれは訪ねてきたからといってごまかされねえ

ぞ。来るなら太吉ってがきを連れてきて、頭を下げさせるのが筋だ……」

まだこんな言葉を口走っていたのである。

だが、自分のそういう頑なさが思わぬ事故を生むところであったことはひしひしと身に伝わり、さすがに儀之助をおとなしくさせたようではある。

――ふん、久しぶりに見る頑固者だ。

店を後にする栄三郎は失笑していた。

下手《へた》をすれば町方の調べを受けていたかもしれなかったし、何人かが斬られていたかもしれなかった事実に青ざめながらも、息子が殴られたことにこだわり続ける――。

それは、職人や老人の持つ頑固さとはどこか種類の違うものであった。

――だが、これで少しは動くだろう。

栄三郎がそう思った時、

「もし、先生……」

背後から呼び止める声がした。それは女のものであった。

「あれこれと申し訳ございません……」

振り返ってみると、そこに儀之助の女房で巳之吉の母親であるおのぶがいて、栄三郎に頭を下げていた。

「ああ……。何だかお前さんの声を初めて聞いたような気がするよ……」

五

秋月栄三郎は、そのままおのぶを手習い道場へと連れて戻って話を聞いた。

又平の調べでは、おのぶは、儀之助がかつて料理人として修業を積んだ向嶋・延命《えんめい》寺門前の料理屋〝よしの〟で女中をしていたという。

そこで出会ったのが縁で儀之助と一緒になったのだが、そもそも無口で出しゃばることのないおのぶは、儀之助に黙ってついてきたし、一度たりとも逆らったことがない従順な女房であった。

「それがいけなかったのかもしれません……」

おのぶは神妙な表情で栄三郎に心情を訴えた。

「あの人は巳之吉のことは自分の思うままにしないと気が済まない人で、わたしは口を出せませんでした……」

「倅に真剣に向き合うのはいいことだと思うが、あれでは巳之吉もかわいそうだ」

「はい……」

「親父が何にでも筋道を通せと教え込んだせいだろう。巳之吉は、手習い所ではいつも正しいことを言う。だが、子供達の間では、正しいことほどつまらぬものはない」

「わかります……」

「親というものは、大人になった今、正しかったと思うことを子供にさせようとするものだ。だから親に構われて育てられた子供は考えがしっかりしている」

「間違ったことを正すと父親にほめられるものですから、巳之吉は大人びたことばかり言うようになった気がします」

「そんな子を自慢したがる親もいるが、子供の体と心の寸法に合わないものをいくら身につけさせたとて、子供は大人になることはできぬ……」

栄三郎はふっと頬笑んだ。手習い師匠となって五年になるが、色々な親子を見てきてそう思うのだ。

栄三郎は大人びた子供はそれはそれでおもしろいし嫌いではないが、ひとつ間違うと親の思想がまとわりついて何やら不気味に思えてくる。

巳之吉はその不気味な方の子供なのである。そしてそれは、巳之吉が自分で形成した人格ではないゆえに性質《たち》が悪いのだ。

「このままでは、巳之吉はどこへ行っても同じことの繰《く》り返しになるだろう。そして儀之助殿は、それでもいい、おれがわかっているのだから気にすることはない……。いつもそれで、済ますであろうな」

「はい。そうさせたくはありません」

おのぶは力強く言った。ずっと良人《おっと》の陰に隠れて所帯を支えてきたが、もう良人に子供をいいようにされてなるものかというきっぱりとした意志がそこから窺われた。

「あの子は秋月先生の許で読み書きを学びたいと思っています。それを口にするとあの人に叱られると思って口には出しませんが、今度ははっきりとそう思っている様子がわたしにはわかりますし、わたしも先生にあの子をお預けしたいのです」

おのぶは縋《すが》るような目を栄三郎に向けた。

「そう思ってくれるのは嬉しいが、そいつは一筋縄《ひとすじなわ》ではいかぬな……」

「はい。ですからお力をお借りしたいのです」

我が子のためにここぞとばかり立ち上がった女は強い。儀之助の陰に隠れておどおどとしていたおのぶの姿はもうそこにはなかった。

「あの人は、十二の時に二親を亡くして身寄りもなく、〝よしの〟という料理屋に引き取られたのです……」

儀之助の父親は表具師で、何度も〝よしの〟に出入りをしていたのが縁となった。この父親がもう少し生きてくれていれば、儀之助も親について表具師の修業もできたのであろうが、儀之助が九つの時に亡くなった。

母親は賃仕事をしながら亡夫が残してくれた僅《わず》かな貯えで儀之助を育ててくれたのだが、無理が祟ったのか体の調子を崩し、三年後に良人のあとを追うように亡くなった。

病に臥《ふ》せる前、虫が知らせたのであろうか、母親は〝よしの〟を訪ねて、ゆくゆくは儀之助をこの店で料理人の見習いとして預かってもらえないかと店の主に願ったという。

亡夫の職人仲間には頼りになる者がおらず、老舗《しにせ》の料理屋である〝よしの〟で料理人の修業をさせる方がよいと判断したのである。

その直後に母親は亡くなり、〝よしの〟の主は身寄りのなくなった儀之助を哀れんで、板場の修業にはまだ少し早いがそれが三度の飯にありつける何よりの道だと快《こころよ》く引き取ってくれたのだ。

〝よしの〟の主は面倒見のよい男であったが、多くの料理人、女中を抱える身で、儀之助のことは板場の内に託した。

こうして儀之助の料理人としての修業は始まったのであるが、まだ子供の儀之助は他の見習いから苛《いじ》められた。

元々が無口で黙ってひとつのことをこつこつとするのが身上の儀之助は、〝のろま〟という烙印《らくいん》を押されてしまったのである。

人が寄り集まれば必ず序列が生まれる。

上の者が厳しければ、それによって生じた下の者の鬱憤《うっぷん》は、さらにその下の者に向けられるのが常である。中には自分が辛い想いをしたゆえに下の者に優しくする者もいるが、〝よしの〟にはそういう男がいなかった。

上からどんどん下りてくる鬱憤晴らしは、いつも儀之助のところで止まるのである。

自分より下の者がいることで己が不遇を納得させる情けない兄貴分達に、幼い儀之助は随分《ずいぶん》と泣かされた。

情けない者は、弱い犬ほどよく吠《ほ》えるという喩《たと》えのごとく、何かというと自分のしくじりを儀之助のせいにして殴りつけたものだ。

そのことを誰かにこぼすと、

「悪口を言いやがった……」

と、また殴られる。その上に、ほとんどの場合、

「お前がぐずしやがるから殴られるんだ」

と、殴られた儀之助が叱られるのだ。

儀之助は世の中の理不尽を思い知らされた。

やがて体格もよくなり、何度も仕返しをしてやろうかと思ったが、ここを出るとどこへも行き場のなくなる儀之助は、ただじっと堪《た》えるしかなかった。それが口惜しく情けなかった。

しかし、五年ほど経った時。〝よしの〟に綱次郎《つなじろう》という料理人が板場の長として迎えられて状況が変わった。

綱次郎は知る人ぞ知る料理人で、人を見る目も確かであった。料理人同士の諍《いさか》いは、

「気分が悪くなるぜ……」

と言ってきつく許さなかったし、料理人達の動きは隅々《すみずみ》まで摑んでいた。そして綱次郎は、黙然と洗い物や下拵《したごしら》えに励む儀之助を気に入ってくれたのである。

凍《こご》えそうな冬の日に、練《ね》り物を手で延々とこねる儀之助を見ながら、

「やるじゃあねえか……」

と、優しい声をかけてくれた。

「いえ、あっしはのろまですから、こういうことが向いているのです……」

綱次郎に誉《ほ》められることで、古株の料理人から苛められるのではないかと、自分を〝のろま〟呼ばわりした儀之助であったが、

「なんの、お前はのろまなんかじゃあねえよ。ひとつのことにしっかりと手間をかけているだけのことじゃあねえか……」

それを綱次郎は叱りつけ、正しいことをしている者が最後まで残るのだと諭《さと》してくれた。

「その時のおれの嬉しさ……。今でも涙が出る」

儀之助は綱次郎に誉められた時のことを思い出しては声を詰まらせるという。

綱次郎は儀之助に限らず、殴られた者を見かけると必ず殴った者を罰した。それがために〝よしの〟の板場は真に平穏となり、儀之助はめきめきと腕を上げ、やがておのぶと所帯を持って綱次郎の肝煎《きもいり》で暖簾分けをさせてもらうに至る。

「なるほど、おぬしの亭主は随分と苦労したのだな……」

おのぶの話を聞いて、栄三郎は得心がいった。

「そういう子供の頃のひどい思い出があるから、殴った方をすぐに叱らぬわたしのや

り方がどうしても許せないのだね……」

おのぶはこっくりと頷いた。

自分に子供が出来たらあんな想いはさせたくない。そう思うあまり、儀之助は息子の巳之吉に、

「手習いに行くようになったら、ふざけたことをしねえでこつこつと真面目に学ぶんだぞ。きっとふざけた奴がいて、真面目に学ぶ者の邪魔をしたりからかったりするかもしれねえ。そういう奴ははっきりと叱りつけてやれ。だが、相手を殴っちゃあいけねえぞ。人を殴る奴は半端者だ。半端者になっちゃあいけねえ。お前が正しければ、手習い師匠はお前の味方をしてくれるはずだ」

こんなことを毎日のように言い聞かせていたという。

儀之助は息子には、幼い自分を殴ったり、また殴られている姿を目の前にして何も構ってくれなかった料理人仲間の兄貴分達のようにはなってほしくなかった。また、真面目に黙々と学んでいれば、手習い師匠はあの日の綱次郎のように巳之吉を庇《かば》ってくれると信じていたのだ。

幼い時は自分とて手習い師匠の許で読み書きを学び、他の手習い子達と遊んだり喧嘩をしたこともあったはずの儀之助であった。

　しかし、父親が死んでからはろくに手習いにも行けず、その頃の思い出は、料理人の見習い時代に味わった苦難の日々の記憶によってかき消されてしまったようだ。

　儀之助の忌々《いまいま》しい思い出は、結果的に子の巳之吉に祟ってしまったといえる。

　手習い所で正義と真面目を貫《つらぬ》くことは子供達には煙たがられ、不真面目な者への注意は時として手習い師匠への告げ口ととられた。

「まあ、こんなことを言っちゃあ何だが、わざわざ自分から苛められに行くようなもんだねえ……」

「仰る通りです……」

　栄三郎は嘆息した。

　おのぶは相槌《あいづち》をうった。そうして手習い師匠をあれこれ替えてきたのであるから——。

「でも、巳之吉は秋月先生のことは好きだったのです」

　巳之吉が言うには、巳之吉が何か注意しようとすると、栄三郎は気配を察し、

「おう巳之吉！　お前、おれの代わりに叱ってくんな……。はッ、はッ、こっちの手間がはぶけるぜ」

　と言ってみたり、

「巳之吉、わかったからうるせえこと言うなよ。お前の顔が小せえ頃のお袋の顔に見えてきたぜ……」

などとしかめっ面をしてみせたりして、巳之吉の注意をことごとく笑いに変えてくれるのだ。

これによって巳之吉は彼なりの個性を認められ、争いごとなくやってこられた。

「近頃は手習いに行くのを楽しみにしていたのです。ですから、何としてもわたしはあの子をもう一度先生の許へと通わせたいのです」

おのぶの言葉に力がこもった。

栄三郎は大きく頷いた。

「ようくわかったよ。わたしも何とかして、巳之吉がここへ戻ってくれたらと思っている」

「ありがとうございます」

「だがその前に、太吉との喧嘩の理由をはっきりさせないといけない。まずそこで、子供同士のわだかまりをとってやりたい」

「はい、それはもう……」

「もう少し様子を見ちゃあくれないかい。こういうことはわたしがあれこれ問い詰めぬ方がよいのでな。なに、そのうち向こうの方が話したくなるはずだ」

「そうでしょうか」

「心配無用、子供達の動きはほとんどわかる。その折は巳之吉を納得させてやってもらいたい」

「命にかえましても……」

「それでよし……。さて、厄介なのがお前さんの亭主をどうして折れさせるかだな」

栄三郎はおのぶに、この後は日々連絡を取り合い、固まってしまった儀之助の頭の中をいかに解きほぐすか策を練ろうと約して、その日はおのぶを帰した。

「旦那、よかったですねえ……」

そっとおのぶとのやり取りを聞いていた又平が、おのぶが帰ると部屋を覗き込んだ。

「まあ、一歩前へ進んだってところだな。ふッ、ふッ、面倒な親子のことなんてうっちゃっとけばいいってものだが、おれはつくづくおめでてえ男だぜ……」

栄三郎が溜息《ためいき》をつくと、又平はニヤリと笑って、

「いえ、二歩前へ進んだようですぜ……」

土間に立って出入口の方を見て言った。

「そうかい。誰が来た……」

「三吉です」

栄三郎は、にこりと笑って自らも土間へ降り立った。

出入口に三吉が一人でうなだれて立っている。

「三吉、よく来たな。まあ入ってくれ。お前か太吉がそのうち来るだろうと思って、うめえ草餅《くさもち》を仕入れてあるんだぜ」

「本当かい？」

たちまち三吉の表情が和らいだ。

「その前に話してくれよ。太吉がどうして巳之吉を殴ったか……」

栄三郎は三吉の肩を抱きながら中へと連れて入った。

餅につられるとはまだ子供だが、いつの間にか張り出してきた三吉の肩の厚味が、何とも頼もしく思えた。

六

桜の花は散ってしまったが、向嶋墨堤《ぼくてい》の桜並木には若葉が芽吹き、夏に向かって美しい葉桜を見せていた。

その墨堤の一隅に、毛氈《もうせん》を敷いてこれにゆったりと座っている子供連れの一団があった。

「たまにこんな日も大事でございますねえ……」

澄み渡る空を仰《あお》いで思わず目を細めたのは、〝うちやま〟の主・儀之助であった。

「そうだよ。働き詰めはよくねえ。料理人なんてものは、ただ飯の仕度をするだけじゃあ仕方がねえ。あれこれきれいな物を見て、目を養生《ようじょう》させてやらねえとなあ……」

それに応えたのは初老の男であった。どことなくいなせで唐桟《とうざん》の着物を着こなしている様子からは、えも言われぬ貫禄が漂っていた。

この男こそ、かつて儀之助を助け引き立ててくれた、料理屋〝よしの〟の料理人・綱次郎である。

「まったくで……。あっしはどうも心にゆとりってものがなくていけません」

日頃は人に弱味を見せぬ儀之助も、綱次郎の前では殊勝な物言いになる。

あれから綱次郎はさらに名の知れた料理人となり、〝よしの〟の繁盛に貢献しているから、儀之助にとっては絶対的な存在であることは頷ける。

二人の傍にはおのぶが控えていて、墨堤では巳之吉が綱次郎の甥《おい》っ子達と楽しそうに遊んでいる。

三日前のこと。

儀之助はこのところの〝よしの〟への無沙汰をおのぶに問われて、それもそうだと主人と綱次郎への届け物をさせた。

その折、おのぶは綱次郎からあれこれと儀之助の様子を問われて、

「相変わらず色んなことに苛々《いらいら》としながら庖丁をふるっております……」

と、苦笑いで応えたところ、綱次郎から今日の野宴の誘いを受けたのである。

「料理人の心にゆとりがねえと、せっかく拵えた料理もまずくなるってもんだ。巳之吉も楽しそうでよかったぜ……」

綱次郎は巳之吉と同じ年恰好の甥が二人いるからと、巳之吉の相手に連れてきてくれた。

子供達を遊ばせながら、綱次郎は儀之助が拵えて重箱に詰めて持参した料理を、

「ふッ、儀之助、お前また腕を上げたな……」

と、一通り箸《はし》をつけるや誉めてくれた。

儀之助にとって、今日の野宴には久しぶりに料理人としての腕を判じてもらう意味も込められていたから、

「それを聞けて何よりでございました……」

と胸を撫でおろしたが、

「だがな、ちょいとおもしろ味が足りねえな」

綱次郎は注文をつけることも忘れなかった。

「おもしろ味……」

「ああ、おもしろ味だよ」

「わかるような気がしますが、どうすりゃあいいんですかねえ……」

「そいつは一口には言えねえよ……」

真剣な目差《まなざ》しで訊ねる儀之助に、綱次郎は少しからかうように言った。

「まあ、ゆっくりと答えを探そうじゃあねえか。見ろい、都鳥《みやこどり》が楽しそうに飛んでいるぜ……」

二人は降り注ぐ陽光に目を細めながら青空を見上げた。

「聞くところによると、あの鳥は本当はここに住んでいるはずのねえ鳥だそうだぜ」

「へえ……。じゃあどこかへ飛んで行くはずが、行く先を間違えたってことですかい」

「そんなところだろうな……」

「そんならあの鳥も、のんびりと空を飛んでいるようで、その実悩んでいるのかもしれませんねえ」

「まったくだ。考えてみりゃあ人も同じで、ふっと辺りを見回すと、知らねえ景色が広がっている……なんてことがあるんだろうよ……」

「なるほど。あっしはまさしく今どこかへ迷い込んでいるのかもしれませんや……」

儀之助はふっと笑った。何やらこのところの苛々や焦燥《しょうそう》が晴れてゆく思いがした。

同時に、どうして綱次郎へ無沙汰をしてしまっていたのか――そのことが悔やまれていた。

「あの人も忙しいから……」

などと気遣うふりをしながら、実はただ自分の忙しさにかまけていただけではなかったのか――。

青い空は儀之助の色んな想いを天へと吸い上げていく。

綱次郎は、自分の弟子とも言える儀之助の落ち着かぬ様子を気遣うかのようにゆっくりと立ち上がると、少し前へと出て晩春の陽光を総身に浴びた。

おのぶはというと、手拭《てぬぐ》いを水に濡《ぬ》らしに川辺へと出かけていった。

美しい野辺に一人で物思いに耽《ふけ》る――儀之助にはありがたい一時《ひととき》が訪れた。

そうするうちに——。

綱次郎の傍へ彼の甥である小吉《こきち》が寄ってきて、あれこれ話す姿が儀之助の目にとび込んできた。

さらにその向こうでは、もう一人の甥の弥太郎《やたろう》と巳之吉が木登りをして遊んでいる。遊び疲れた小吉が綱次郎に構ってもらおうとして寄ってきたように見えた。

しかし、聞くとはなしに耳に入ってきた小吉の話し声に、儀之助の表情は次第に曇ってきた。

小吉は綱次郎に、何やら巳之吉への不満をあげつらっているように思えたからである。

「おじさんが遊んでやれって言うからかまってあげてたけど、あの子はどうもいけません……。おいらも弥太郎も川辺で水遊びをしようと言っているのに木登りをしようって聞かない。まあ仕方がないと思ってつき合ってあげたけど、桜の枝を何本も折ってしまって……。この堤の桜の木は、みんなの目を楽しませようとして、昔、将軍様が植えた木なんでしょう。そういう木を傷《いた》めたらいけないんじゃあないのかい。それを巳之吉は何本も平気で折っちまったんだ……。いけないよね。きつく叱ってやった方がいいと思うよ……」

小吉の言いようはどうも小賢《こざか》しく、巳之吉が枝を折ったことを執拗《しつよう》に言い募り、告げ口しているとしか思えなかった。

――何だあのがきは。聞いているだけで胸くそが悪くなるぜ。

美しい墨堤での和やかなひとときを邪魔された気がして、儀之助の表情にこのところ浮かび続けていた苛立ちが再び顕《あらわ》れた。

巳之吉は、木登りをただの遊びだと思って無邪気に楽しんでいるだけではないか。枝が二、三本折れたからどうだというのか。いくら大恩ある綱次郎の甥であっても許せないと思った。

〝よしの〟に見習いに入ったばかりの頃、儀之助に聞こえていると知りつつ、自分の失敗を儀之助のせいにして板長に告げ口をした兄貴格のことが思い出された。

いても立ってもいられなくなった儀之助であったが、

「馬鹿野郎！」

と、小吉を叱る綱次郎の声が届いた。

――やはり綱次郎の親方はあの日のままだ。

儀之助は嬉しさに震えた。

「小吉、お前こそいい加減にしろ。男はそんな些細《ささい》なことを取り上げてうだうだ言うもんじゃあねえや」

　叱られて首を竦める小吉を前にして、綱次郎はさらに儀之助の方を見て、

「儀之助、そっちにも聞こえていただろう。すまなかったな。お前もこっちへ来てこの小吉を叱ってやってくれ。こいつは妹の倅なんだが、甘やかされて育ったか、どうも賢しらなことばかり言うからいけねえ」

　と、苦い顔で言った。

「いえ、子供には子供の事情があるんでしょうよ……。だが小吉どん、巳之吉が色々迷惑をかけたのならすまなかったが、あんな風に告げ口をするのはどうかと思うぜ……」

　綱次郎に促《うなが》されて、儀之助は巳之吉にも非があったのだろうと宥めつつ、小吉を諭した。

「でもおじさん、おいらは間違ってはいないよ。桜の木の枝をむやみに折っちゃあいけないんだから」

　小吉はこれに反発した。

「まあ、そりゃあ桜の木の枝を折ったのはいけねえが、わざとしたことじゃあねえだろうし、それをそんな風に言い立てるのは、見ていてあんまり気持ちのいいもんじゃ

あねえよ」

儀之助はさらに穏やかに諭した。これに綱次郎は大きく相槌を打って、

「そうだぞ小吉。陰で人の悪口を言う奴は、たとえそれが正しかったとしても男らしくねえ。そうだな儀之助……」

「へい、まあ、そういうことで……」

「男には男の意気地《いくじ》ってもんがあるんだ。それを破る奴は男同士、殴られたって文句は言えねえ。なあ、儀之助……」

「へ、へい……」

諭されている小吉より、いつしか儀之助の方が考えさせられてきた。

「でも……、正しいことを言っているおいらが殴られたりしたら、おいらのお父っぁんは黙っちゃあいないよ」

小吉はこれに口答えをしたが、そのもの言いはどこか堂々としていて、心にもないことを綱次郎に言わされているかのような様子に見えた。

「馬鹿野郎……」

綱次郎の叱る声も優しくて、儀之助にはそれが自分に向けられているような気がした。

「お前のお父つぁんはなあ、子供同士の喧嘩にしゃしゃり出るような男じゃあねえよ……」

綱次郎はそう続けると、今度は儀之助をしっかりと見て、

「儀之助、お前もそうは思わねえかい」

大きく頷いてみせた。

「へい……」

儀之助はここにきて、綱次郎が自分を今日呼び出した理由がわかった。聡明な小吉は伯父の頼みを聞いて一芝居打ったのであろう。

「わかるな儀之助……」

「へい」

「なら、巳之吉の話を聞いてやれ」

いつしか儀之助の背後におのぶと巳之吉がいた。

「お父つぁん……。太吉がおいらを殴ったのは、おいらが三吉のことを告げ口したからなんだ……」

巳之吉が俯《うつむ》き加減に言った。

「告げ口……」

先日、巳之吉は、太吉と三吉が話しているのを聞いて注意をした。というのも、三吉が筍《たけのこ》を掘ってきてやると太吉に得意気に言っていたのであるが、その内容は青山《あおやま》にある人の竹藪《たけやぶ》に勝手に入って掘り出すというものであったからだ。

「ひとつやふたつ、どうってことはないよ。そこのたけのこはうめえんだぞ」

三吉は巳之吉に口を尖《とが》らせたが、

「ひとつやふたつでも、みんながたけのこをかってにほり出したらたいへんなことになるじゃあないか……」

巳之吉は正義感を出して戒《いまし》めた。それでも三吉は言うことを聞かない。そこで巳之吉はすぐにその竹藪を訪ねて、その番人に三吉の計画を密告した。それによって三吉の筍泥棒は未然に防がれ、竹藪へ忍んだ三吉は番人に叱られた。

それでも、このことは黙っていてやるから、二度とこんなことはするんじゃないと言って、番人は三吉に筍をひとつ持たせてくれた。

真にほのぼのとした番人の裁きであったが、三吉からこの話を聞いた太吉は巳之吉の密告に怒った。日頃から正義をふりかざす巳之吉を快く思っていなかったから、

「まさかお前がそこまでするとは思わなかったぞ……」

と囁《ささや》き、

「おいらは悪いことはしていないよ」

そう応えた巳之吉を、

「この野郎！」

と殴りつけたのである。

太吉が理由を言わなかったのは、これを話すと三吉の筍泥棒未遂の一件が明るみに出るからで、巳之吉もその真意がわかるだけに、密告の件についてはさすがに言えないと黙っていたのだ。

とはいえ、巳之吉にしてみれば正義の行いによって筍泥棒を未然に防いだのに、何故自分が殴られないといけないのかと納得がいかなかった。それで腫れた顔の理由を問う儀之助に、何も悪いことはしていないのに殴られたのだと訴えたのだ。

「そういうことだったのか……」

儀之助は綱次郎の前で勇み足であったことに気付いた。

「ごめんよ。おいらはお父つぁんが怒り出すのが怖かったんだ……」

巳之吉はべそをかいて頭を下げた。

「儀之助、もう何も言うな。おれの言う通りにしろい」

綱次郎は儀之助に力強く言った。

その言葉には、身寄りもなく不安な日々の中で、年長の者達に苛められ続けた日々を終わらせてくれた、あの日の綱次郎の優しさが込められていた。

「先だって、秋月栄三郎って先生が、おのぶと一緒におれを訪ねてきなさった」

「おのぶ、お前いつの間に……」

「何も言うなと言っているだろう」

「へ、へい……」

「巳之吉はまた水谷町の手習い所に戻ることを望んでいる。戻ってきたら、喧嘩の理由がわかったから、叱るべきは叱ってきっちりと片を付けるつもりだが、女房子供が望んでも、今のままじゃあ親父の気持ちが収まらねえだろう。だから何とかしてくれねえかと、おれに相談をなすったのだ。おもしれえ先生だなあ。恩を受けたおれが言やあ承知するかもしれねえが、本当に納得ずくで倅を預けてくれねえと、こっちも気持ちが悪いと言いなすった。それでこんな子供だましをした……」

小吉と弥太郎が無邪気に笑って頷いた。

「いえ……、またおやじさんに、手間をかけさせてしまいました……」

儀之助は深々と頭を下げた。

「お前は色々と人に言えねえ苦労をしてきたから、子供のことが気になるんだろうよ。その気持ちはよくわかる。巳之吉だってお前の想いがわかるから、お前に誉めてもらいたくて馬鹿をやらかす連中を窘《たしな》めたりするんだろう。だがなあ、子供には子供の付き合いがあるし、子供なりに苦労をさせりゃあいいんだ」

「へい、左様でございますねえ……。今日、つくづくとわかりましてございます……」

「秋月先生には納得ずくで倅を預けるんだぞ」

「へい、そりゃあもう……」

話すうちに儀之助の声に涙が混じってきた。

儀之助は今やっと、綱次郎が言うところの己が料理に足らぬおもしろ味が何なのか、おぼろげにわかってきたのである。

春の終わりを知ったのか、都鳥が大空へ飛び立ち、遥《はる》か遠くへ飛んでいった。

その翌日から――。

京橋水谷町の手習い道場に、巳之吉の姿が戻った。巳之吉がちょっとの間いなくなっていたことなど忘れたように、子供達は自然と巳之吉を迎え入れ、無邪気にはしゃいでいた。

太吉と三吉にも元気が戻った。子供達の自浄作用というものは真に頬笑ましい――。

「旦那はおかしな人だ……」

又平は手習いが終わると、儀之助、おのぶ、巳之吉の三人が、昨夜三人揃《そろ》って頭を下げに来た様子を思い出して、晴れ晴れとした顔をして言った。

「おかしいかい」

「へい、薄気味が悪いほどにね……」

「そうかねえ」

「へい、大事な話はこっちから訊ねなくとも、向こうの方から話しに来る……。何やら手妻《てづま》を見せられているかのような……」

「向こうから話しに来るように仕向ける……。ちょっとしたこつだな……」

栄三郎はぽかぽか陽気に目をとろんとさせて言った。

「いや、やっぱりおかしな人だ……」

又平は相変わらず首を傾《かし》げる。

「取次屋みてえな怪しい仕事をこなしているかと思えば、子供達を導く――。そんな人が他にいますかい」

「導く……、なんてご大層なもんじゃあねえよ。取次屋も手習い師匠も、食い扶持《ぶち》を稼ぐための方便だよ。だが、方便にしちゃあどちらもおもしれえ……」

うっとりとして呟くように言うと、栄三郎は目を閉じてのんびりと船を漕《こ》ぎ始めた。

手習い師匠

一〇〇字書評

切り取り線

購買動機（新聞、雑誌名を記入するか、あるいは○をつけてください）

□（　　　　　　　　　　　）の広告を見て	
□（　　　　　　　　　　　）の書評を見て	
□ 知人のすすめで	□ タイトルに惹かれて
□ カバーが良かったから	□ 内容が面白そうだから
□ 好きな作家だから	□ 好きな分野の本だから

・最近、最も感銘を受けた作品名をお書き下さい

・あなたのお好きな作家名をお書き下さい

・その他、ご要望がありましたらお書き下さい

住所	〒				
氏名		職業		年齢	
Eメール	※携帯には配信できません	新刊情報等のメール配信を 希望する・しない			

この本の感想を、編集部までお寄せいただけたらありがたく存じます。今後の企画の参考にさせていただきます。Eメールでも結構です。

いただいた「一〇〇字書評」は、新聞・雑誌等に紹介させていただくことがあります。その場合はお礼として特製図書カードを差し上げます。

前ページの原稿用紙に書評をお書きの上、切り取り、左記までお送り下さい。宛先の住所は不要です。

なお、ご記入いただいたお名前、ご住所等は、書評紹介の事前了解、謝礼のお届けのためだけに利用し、そのほかの目的のために利用することはありません。

〒一〇一 - 八七〇一
祥伝社文庫編集長 坂口芳和
電話 〇三（三二六五）二〇八〇

祥伝社ホームページの「ブックレビュー」からも、書き込めます。
http://www.shodensha.co.jp/bookreview/

祥伝社文庫

手習《てなら》い師匠《ししよう》　取次屋栄三《とりつぎやえいざ》

平成26年3月20日　初版第1刷発行

著　者　岡本《おかもと》さとる

発行者　竹内和芳

発行所　祥伝社《しようでんしや》
東京都千代田区神田神保町3-3
〒101-8701
電話　03（3265）2081（販売部）
電話　03（3265）2080（編集部）
電話　03（3265）3622（業務部）
http://www.shodensha.co.jp/

印刷所　錦明印刷
製本所　ナショナル製本
カバーフォーマットデザイン　中原達治

Printed in Japan ©2014, Satoru Okamoto ISBN978-4-396-34023-0 C0193

祥伝社文庫の好評既刊

祥伝社文庫の好評既刊

今井絵美子
紅染月《べにそめづき》 便り屋お葉日月抄⑥
意地を張って泣くことも、きっと人生の糧《かて》になる。去る者、入る者。便り屋・日々堂は日々新たなり。

辻堂 魁
風の市兵衛
さすらいの渡り用人、唐木市兵衛。心中事件に隠されていた奸計とは？〝風の剣〟を振るう市兵衛に瞠目！

辻堂 魁
雷神 風の市兵衛②
豪商と名門大名の陰謀で、窮地に陥った内藤新宿の老舗。そこに現れたのは〝算盤侍〟の唐木市兵衛だった。

辻堂 魁
帰り船 風の市兵衛③
またたく間に第三弾！「深い読み心地をあたえてくれる絆のドラマ」と小梛治宣氏絶賛の〝算盤侍〟の活躍譚！

辻堂 魁
月夜行《つきよこう》 風の市兵衛④
狙われた姫君を護れ！ 潜伏先の等々力・満願寺に殺到する刺客たち。市兵衛は、風の剣を振るい敵を蹴散らす！

辻堂 魁
天空の鷹《たか》 風の市兵衛⑤
まさに時代が求めたヒーローと、末國善己氏も絶賛！ 息子を奪われた老侍とともに市兵衛が戦いを挑むのは!?